연 날리는 소녀

연 날리는 소녀

박청용 소설

교유서가

차례

연 날리는 소녀
007

회리바람 타는 닭
037

개와 개
067

해설 | 가장 인간다운 순간에
임현(소설가)
097

작가의 말
107

연 날리는 소녀

마을 청년 하나가 허벅지 관통상을 당한 채 돌아왔다. 멍석이 펼쳐진 달밤, 동네 사람들은 그를 앉혀놓고 귀를 기울였다. 들쥐처럼 잘 숨고 족제비처럼 날래다는 베트콩과의 전투 무용담에 나는 모기에 뜯기는 줄도 몰랐다.

국민학교 2학년 때, 베트남전쟁 영화를 보려고 면 소재지까지 먼 밤길을 헤쳤다. 천막으로 둘러친 시장통에서 상영되었는데 내가 본 최초의 상업영화였다. 흑백텔레비전도 없던 시절, 총천연색 화면에 그대로 빨려들었고 주인공이 된 듯 호흡이 가빠지고 손과 발이 움찔거렸다. 구리 돈 2원이 전혀 아깝지 않았다.

총알이 빨간 선을 그으면서 밤하늘을 가르는 야간전투, 수풀에서 총을 쏘고 엎드리기를 반복하는 얼룩무늬 사나이들, 부인이 보낸 편지를 가슴에 안고 피범벅으로 죽어가는 한국군 중대장을 보며 모두 훌쩍였다.

청룡부대나 맹호부대가 베트콩을 몇 명 사살했다는 사이공발 뉴스가 라디오에서 종종 흘러나왔다. 이렇듯 베트남에 대한 이미지는 전쟁이란 단어로 어린 시절부터 뇌리에 각인되었다. 한국군에 의해서 양민이 집단 학살되었다는 뒤늦은 뉴스를 접할 때마다 과연 그랬을까 고개를 갸웃거렸다. 10년 넘게 치른 베트남전쟁의 진실은 무엇이고 전쟁은 베트남인들의 의식과 삶에 어떤 영향을 끼쳤을까? 종전 이후에 평화를 되찾고 경제 발전에 힘을 쏟는 통일 베트남은 전란의 후유증을 어떻게 극복했을지 궁금했다.

베트남전쟁에 대한 지적 탐구심을 가득 품고 떤선넛 공항에 내렸다. 밤에 도착했는데 열대 특유의 습하고 뜨거운 공기가 반겼다. 수없이 오가는 차량과 오토바이와 자전거 행렬이 도시 전체가 살아 움직이는 듯 꿈틀댔다. 분주하고 활기찬 사람들로 거리는 생동감이 넘쳐흘렀다. 호찌민시의 외양은 발전하는 도시의 모습뿐, 얼핏 봐서는 전쟁의 자취가 전혀 남아 있지 않았다.

호찌민 여행자 거리의 허름한 숙소에 묵었는데 고음으로 울어대는 수탉의 기상나팔 소리에 깨어 일어났다. 컵라면에 즉석밥을 말아먹은 후, 꾸찌터널 현지 투어에 합류했다. 다양한 국적의 사람들과 팀을 이뤄 호찌민시 북쪽으로 60킬로미터 정도를 버스로 달렸다.

숲으로 뒤덮인 그곳에는 전쟁의 잔재들이 군데군데 남아 있었다. 농구장 크기의 커다란 구덩이 앞에는 'B-52 폭격현장'이라는 푯말이 베트남어와 영어로 쓰여 있었다. 녹슨 탱크가 밀림에 처박혀 있는 것으로 봐서 이곳이 전쟁터였음을 실감케 했다.

베트남 하면 상징처럼 떠오르는 전쟁을 관광상품화했다니 엉뚱하면서도 기발한 발상이라 여겼다. 외국인들이 찾아오게 만들어서 외화벌이도 하고, 세계 최강 미군과 싸워서 이겼다는 민족적 자긍심을 고취하려는 의도로 보였다.

무시무시한 부비트랩 시연에 몰두해 있는데 갑자기 총성이 들렸다. "탕! 탕! 탕!" 아주 가까이서 울리는 연발사격 소리에 모두 놀라 움츠렸다. 반사적으로 귀를 막거나 어떤 사람은 몸을 바짝 낮추기도 했다. 무슨 상황인지 긴장된 눈으로 두리번거리는데 가이드는 빙그레 웃었다.

"근처에 사격장이 있어요. AK47과 M16 소총을 쏠 수 있으니, 점심시간에 체험해보셔요. 열 발에 80만 동입니다. 사격 경험이 없으신 분들은 한번 쏴보셔요."

80만 동이면 우리 화폐로 얼마인가 머릿속에서 빠르게 계산했다. 80만 동이면 4만 원 정도네. 그래, AK47을 경험해봐야겠다. M16이야 눈감고 쏠 정도로 싱거웠지. AK47은 2차대전 이후로 가장 많이 팔린 총이라지. 잔고장이 없고 간편해서 게릴라들이 선호한다는데 호기심이 나네.

가이드를 따라가는데 숲에 듬성듬성 모여 있는 군인들이 눈에 띄었다. 일순간 멈칫했다. 자세히 보니 실물 크기의 병사들 모형이었다. 어떤 군인은 총을 든 채로, 어떤 병사는 천막 아래서 무기를 손질하거나 책을 읽는 모습이었다. 아, 이들은 병기만 든 것이 아니라 전투의 현장에서도 책을 읽고 있었구나. 무슨 책일까 궁금했다. 젊은 남녀들이 모였으니 연애소설일까? 외세

침략을 물리친 항쟁이 기록된 역사 서적일까? 인간 존재란 무엇이며 어떻게 살아야 하는지 고민하는 철학책일까? 힘든 현실을 달래주는 시집일까? 생사를 가르는 현장에서도 책을 들고 있다니 문학과 예술을 아끼는 사람들이라고 느꼈다.

여군 한 명이 해먹에 걸터앉아서 남자 군인을 그윽하게 바라보는 모형이 이채로웠다. 그녀의 손에는 AK-47 소총이 들려 있었지만, 얼굴엔 수줍은 아가씨의 보조개를 머금었다. 소풍 나온 젊은이의 연애 현장 같았다. 앳된 남녀를 피가 튀는 전쟁터로 내몰았던 시대적 상황이 안타까웠다.

다치거나 길을 잃을 수 있다는 가이드의 엄중한 주의사항을 들은 후, 터널 체험이 시작되었다. 심혈관, 호흡기, 관절염, 류머티즘 등의 질환과 술에 취한 사람이나 70세 이상은 출입금지였다. 흐흐, 아직 일흔이 안 되었으니 다행이네. 근데 땅속의 컴컴한 미로로 들어가려니 쭈뼛해지네.

터널 입구로 들어서자, 햇빛에 노출된 적이 없는 흙에서 뿜는 음습한 냄새 때문인지 산소의 부족함 때문인지 숨이 턱 막혔다. 관광객을 위해 넓혀놓았음에도 허리를 굽히고 머리를 바짝 숙이면서 더듬더듬 전진했다. 어느 부분은 어둠 속에서 오리걸음을 하거나 기어야 겨우 통과할 수 있었다.

터널은 3층 구조로 얼기설기 복잡했고 다른 통로로 잘못 들어가거나 안내인과 떨어질까봐 긴장했다. 식당이나 휴식처 등 부대시설은 지하 1~2층, 지하 3층은 위급할 때 피신처로 이용된 듯했다. 입구와 출구는 교묘하게 숨겨졌고 환기를 위한 장치는 흰개미 집으로 위장되어 있었다. 어마어마한 터널을 기계의 도움 없이 사람의 힘으로 뚫었다니 믿기질 않았다. 서울에서 강릉까지 갈 거리인 200여 킬로미터를 맨손으로 파낸 사람들의 고단함과 인고가 느껴졌다. 생존을 위해 어떤 난관도 돌파하려는 인간의 몸부림이 얼마나 강렬한지 새삼 놀랐다.

전쟁이 없었으면 땅굴을 파는 일 따위는 없었을 텐데. 그 노력으로 건설하고 생산했으면 얼마나 더 풍요롭고 행복했을까? 그 시대는 도대체 왜 그곳에서 죽고 죽여야 했는지? 그렇게 미워하며 싸우던 두 나라가 이제는 교역하면서 친구처럼 지내니 전쟁은 참으로 허망한 짓거리야. 이겼든 졌든 전쟁은 숱한 희생을 남긴 상처투성이의 과거일 뿐, 인간이 자행한 가장 어리석고 비생산적인 행위야.

꾸찌터널 투어의 마지막은 기록영화를 보는 것이었다. 낡은 흑백필름을 통해 가려졌던 전쟁의 내막을 적나라하게 볼 수 있었다. 미국이나 외국의 입장이 아닌 그들의 시각에 비친 전쟁의 알몸 같은 실상에 모두 숨을 죽였다.

밀림 깊은 곳으로 모여드는 젊은이들의 행렬, 포탄 껍데기를 다듬어 부비트랩을 설치하는 전사들, 한 덩어리가 되어서 어깨 걸고 노래하는 전우들, 정글에 매복한 자세로 미군에 맞서는 청년의 눈빛, 먹을 것이 담긴 바구니를 머리에 이고 오는 여인들, 갈비뼈가 보이는 앙상한 몸으로 곡괭이 들고 땅굴을 파내는 장면이 나왔다. 그리고 귀청을 뒤흔드는 포성, 탱크가 지나가고 헬기 무리가 밀림을 맴돌고, 두 줄기 하얀색을 남기면서 산과 들에 고엽제를 뿌리며 비행기가 날았다.

총알이 빗발치는 상황에서 베트콩들은 뜻밖에도 자신만만하고 차분했다. 웃음과 낙관으로 무장한 전사들에게 조급함이나 두려움을 찾아볼 수 없었다. 전투가 일상인 듯 재빠르면서도 치밀하게 움직였다. 탱크가 곧 다가올 길목에 폭약을 묻는 것은 군인이 아니라 앳된 소녀였다. 익숙하게 폭약을 묻고 난 그녀는 연인 앞에 선 듯 하얀 이를 활짝 드러냈다.

"헉! 생사를 가르는 전투 현장에서 저런 여유와 당당함은 어디서 나오는 것일까? 폭약을 쥔 채 웃음으로 맞서는 소녀를 탱크와 비행기로 이길 수 없어. 저 웃음이 베트남의 저력이야."

폭약이 매설된 길로 탱크 행렬이 시꺼먼 매연을 뿜으면서 다가왔다. 곧이어 탱크의 밑바닥에서 거대한 폭음과 함께 불꽃과 파편들이 튀어올랐다. 폭약 하나로 골리앗 같은 탱크를 저지하는 장면에 일행들은 "우와!" 환호했다. 미국 젊은이의 입에서도 탄성과 박수가 터져나왔다. 부모 세대들은 온갖 무기로 이 땅을 초토화했는데 자식 세대는 관광을 와서 자국 병사들이 당하는 장면에 손뼉을 치다니! 어처구니없는 전쟁의 아이러니함이구나!

꾸찌터널 체험을 통해서 나는 평화주의의 신념이 더 확고해졌다. 원수나 적대적인 사람일지라도 폭력이나 살상을 넘어선 해결책이 있을 터. 마음을 열고 대화와 타협으로 얼마든지 평화롭게 해결하고 화목하게 지낼 수 있어. 평화가 인류 최고의 가치, 경제발전의 원동력, 행복과 번영의 지름길이 아닌가?

꾸찌터널보다 더 긴 가시철조망으로 남북을 가르고, NLL로 바다와 영공을 차단한 채, 핵이니 연합훈련이니 갈등하는 한반도 현실을 외국인들이 비웃지는 않을지 부끄러움이 밀려왔다. '모든 사람으로 더불어 평화하라'는 성경 구절을 떠올리면서 꾸찌터널 투어를 마쳤다.

다음날 아침, 영업용 오토바이 한 대를 멈춰 세웠다. 시내는 사람과 물건을 실어나르는 오토바이가 잠자리 떼처럼 붕붕거렸다. 호찌민기념관까지 짧은 영어로 요금을 물으니, 10만 동이라고 했다. 내가 한국인임을 알자, 기사는 어눌한 한국말로 반가워했다.

"코리아? 박항서! 파이팅!"

엄지를 들어올리며 박 감독의 이름을 연발했다. 나는 입을 헤벌리며 으쓱해졌다. 축구공 하나로 두 나라가 형제국가가 된 듯 한국인에 대한 호감이 급상승했음을 느꼈다. 내 나이와 비슷한 50대 후반의 기사가 누런 이를 드러내면서 헬멧을 건네줬다. 얼마나 많은 사람이 사용했는지 땟국이 배었고 누렇게 변색되어 있었다. 그래도 안전이 우선이니 머리에 쓰고 끈을 단단히 조였다. 오토바이 뒷자리에서 그의 허리춤을 움켜잡았다.

자동차와 오토바이들이 뒤섞여서 곡예 경주를 하는 듯했다. 차량의 파도에 오토바이는 가랑잎에 불과했고 나는 그 위에 매달린 개구리 신세였다. 처음에는 사고가 날까 불안했지만 5분 정도 달리자, 스릴이 넘쳤고 운전 솜씨가 뛰어나 안심이 되었다. 틈만 나면 앞지르기하고 속도도 빨랐지만, 신호는 제대로 지켰고 역주행 따위는 없었다. 차량과 오토바이 행렬이 거대한 편대를 이루며 도로를 따라 물결치듯이 움직였다. 무질서하게 보였지만 집단으로 지키는 나름의 규칙이 있어서 보기와는 다르게 안전했다. 어느 정도 적응이 되자 달리는 오토바이에서 휴대폰을 꺼내들었다. 질주하는 차량과 오토바이들, 분주하게 움직이는 사람들, 역동성이 꿈틀거리는 거리를 촬영하며 달렸다.

30여 분 걸려서 도착한 호찌민기념관은 고즈넉한 강변에 자리잡고 있었다. 건물 앞에는 꽃과 나무들이 정성으로 단장되어 깔끔함을 자랑했다. 베트남 사람들이 그토록 존경하고 사랑하는 호 아저씨를 기리는 곳으로 그의 생애와 업적을 담은 사진과 자료들이 차곡차곡 전시되어 있었다.

그의 얼굴 사진에는 범접하지 못할 위엄과 기개가 서려 있었고 눈빛에서 인자함과 공의가 동시에 묻어나왔다. 그는 실로 베트남 사람들의 희망이며 사랑이었다. 높은 동상을 세워서 억지로 기리는 그런 지도자가 아니었다. 베트남인의 마음속에 살아 있는 영원한 연인, 죽어서도 보낼 수 없기에 가슴에 담아둔 국민적인 은인이었다. 그는 집안의 아저씨처럼 다정했고 긴 세월을 헤쳐온 할아버지처럼 지혜로 번득였다. 불의와 외세에 대해서는 대쪽 같은 결기로 꼿꼿하게 대응했다. 폭탄이 떨어지고 천지가 진동하는 폭격에도 이미 이긴 싸움이라는 듯 자신 있는 표정으로 미소를 띠었다.

미국을 이긴 힘은 무기가 아니었어. 억센 정신에서 나온 확고한 미소야. 이런 당차고 올곧은 지도자의 자질이 전쟁 승리의 원동력이었구나!

호찌민기념관은 외국인들보다는 주로 내국인들의 발걸음이 끊이질 않았다. 유치원 아이들에게 호 할아버지를 소개하는 여선생의 해설이 진지했고 행복해 보였다. 아이들 눈동자는 남녘의 별처럼 맑고 희망으로 빛났다. 반면에 나는 씁쓸한 입맛을 다셨다. 용산 효창공원과 백범김구기념관을 방문할 때마다 느꼈던 썰렁함이 사람들로 줄지어 선 호찌민기념관과 비교되었기에 소태를 씹은 기분이었다.

호찌민을 기리는 베트남인의 열정처럼 우리도 한마음으로 따르고 존경하는 현대사의 인물이 있으면 얼마나 좋을까? 국민 통합이 되고 모두가 행복감과 자긍심으로 충천할 텐데 말이야. 우리는 왜 그리 갈라지고 찢어져서 하루도 편할 날이 없는지? 같은 민족인 남북이 수십 년째 으르렁거리고, 라도와 상도니, 여니 야니, 이편이니 저편이니 어디를 가도 편을 가르고, 진보니 보수니, 흙수저니 금수저니. 이제는 세대마저 찢어지고 남녀마저 갈라치기하며 다툼질하네. 넌더리가 나다 못해 질식할 듯해.

국민적으로 존경받는 지도자 하나 세워내지 못하는 우리의 치졸한 현실에 얼굴이 뜨뜻한 채 호찌민기념관을 나섰다.

호찌민기념관에서 오전 일정을 마치고 그랩(Grab) 택시를 이용하여 호찌민미술관으로 향했다. 그랩 택시는 예상 경로, 기사 사진, 요금까지 휴대폰 앱으로 미리 알아볼 수 있기에 믿을 만하고 편리했다. 규제가 없는 탓인지 물건 배송, 음식 배달, 자동차, 오토바이까지 차량 공유 서비스가 활성화되어 저렴하게 이용하고 있었다.

왁자지껄한 거리와는 다르게 미술관 안은 차분하고 조용했다. 침묵과 사색에 잠긴 사람들이 대지에 박힌 나무처럼 그림 앞에 한참씩 서 있었다.

피동으로 찍힌 사진보다 화가의 혼과 땀이 들어간 그림을 나는 더 좋아했다. 사진보다 그림이 진실을 전달하기에 더 좋은 매체이지. 미술은 상상을 유발하는 요술램프 같아. 누가 그렸는지 알지 못할지라도 그림 한 장을 깊게 들여다보노라면 희로애락의 감정이 일어나고 다양한 심상의 세계가 펼쳐지지.

전쟁을 주제로 한 작품 전시가 아닌데도 전쟁에 관련된 그림이 대부분이었다. 인물화나 풍경화나 생활상 그림은 몇 점 안 보였다. 물리적인 전쟁은 끝났을지라도 베트남인들의 의식 속에는 전쟁의 그림자가 짙게 드리우고 있음을 엿볼 수 있었다. 그들이 겪었을 고통과 절망, 쓰라린 상처와 트라우마는 지금도 계속되고 있는 현재진행형이었다.

특히 전쟁과 관련된 그림에는 여인을 주제로 한 내용이 많았다. 총을 거머쥔 채 수풀을 뚫고 전진하는 여성은 군복 차림이 아니었다. 긴 머리를 묶어서 뒤로 늘어뜨린 채 군화도 투구도 없이 포복하는 자세였다. 총대를 옆에 세워놓고 땅을 일구는 여인들의 듬직한 모습, 밀림을 넘나드는 여군들은 다부졌고 머리를 양 갈래로 땋아 내린 채 보초를 서고 있는 눈동자가 '너는 웬놈이냐?'는 듯 나를 응시했다. 전쟁의 와중에 여성들은 아이들을 돌보며 가정과 삶의 현장을 지키거나, 전투에 직접 참여함으로 고단한 역사의 한복판을 당당하게 헤쳐왔음을 알 수 있었다.

거대한 헬기가 착륙하려는 바로 밑에 노인이 항거하는 듯 서 있는 그림을 한참이나 바라봤다. 웃옷을 벗고 양팔을 벌린 채 고개를 옆으로 떨군 모습이 십자가에 달린 성자처럼 보였다. 'peace'라는 영문자가 그림 아래에 쓰여 있다. 자신의 몸을 던져서라도 전쟁이 멈추고 평화가 오기를 갈망하는 자세의 이 할아버지는 누구일까? 평화를 갈구하기 위해 목숨을 버릴 용기는 어디서 생겼을까? 그의 아들이나 딸이 전쟁터에서 죽었을까? 평범한 농부인데 전쟁에 진절머리를 치다가 돌발행동을 한 것일까? 다양한 상상이 스쳤다.

한 여인이 사내의 품에 안긴 그림을 오래도록 응시했다. 달려와서 금방 부둥킨 부부나 연인일 듯싶었다. 사내는 환자복을 입었고 한쪽 다리가 없이 목발을 의지한 채였다. 건장한 팔로 그녀의 등을 감쌌는데 미안하다는 표정에서 눈물이 곧 쏟아질 듯했다. 여인은 눈을 감고 그의 가슴에 잠자듯 안겨 있다. 살아온 것만으로도 고맙다면서 한쪽 다리는 내가 대신하겠다는 다짐인지, 왜 이리되었느냐는 원망인지 그녀의 마음을 헤아릴 수 없었지만, 다리가 잘렸어도 사랑을 빼앗을 수 없다는 숭고함이 그림에서 묻어나왔다.

무너진 건물에서 연기가 피어오르고 차량이 나뒹구는 시가전 그림은 사실적으로 묘사되었다. 달리고 쏘고 엎드린 군인들은 흑백이었는데 한 군인이 두 손으로 치켜든 깃발은 컬러였다. 붉은 바탕에 노란색 별이 그려진 베트남 국기 금성홍기가 빛났다. 그림을 보면서 스필버그 감독의 〈쉰들러 리스트〉가 오버랩되었다. 흑백영화지만 빨간 코트를 입고 있는 한 소녀에게만 유일하게 색깔을 입혔음을 떠올렸다. 나치에 끌려가는 빨간 코트의 아이는 순수, 희망, 희생의 상징으로 보였지. 연기가 피어오르는 회색빛 전투 장면에서 금성홍기에만 색깔을 입힌 것은 승리하겠다는 희망과 불굴의 정신을 표현한 것이겠지.

그림을 통해 풍겨나오는 베트남 여인의 인상은 한마디로 강인함이었다. 적에게 항복하거나 타협하겠다는 나약함은 눈곱만큼도 없었다. 아리땁던 소녀를 강렬한 전사로, 평범한 주부의 손에 총대를 쥐게 만든 것은 전쟁 상황이었겠지. 아버지가 총탄에 맞고 남편이 시신이 되고, 천하와도 바꿀 수 없는 아들이 전사하는 비극에 여인들은 한탄만 하지 않았어. 슬픔을 딛고 살아남은 자들을 지키기 위해 일어났어. 외세를 쳐내고 통일된 조국의 미래를 꿈꾸면서 평화를 갈구하는 심정으로 전쟁터로 나섰을 것이야.

베트남 여인들은 실제로 억척스럽고 당찼다. 메콩강 투어에서 보트를 운행하는 것은 여성들이었다. 낙타 같은 발로 노를 젓는 베트남 어머니들의 땀방울에서 억세고 강렬한 생존력을 봤다.

한 장 한 장의 그림 속에서 저항 정신과 평화를 열망하는 베트남인의 항변을 들을 수 있었다.

―전쟁을 얕보지 말라. 생각보다 더 참혹하고 엄중한 것이다.

―우리는 평화를 원한다. 전쟁은 일말의 꿈도 꾸지 말라.

―역사의 진실을 기억하자. 무겁고 불편하다고 묻어 둘 수 없다.

―총칼로 빼앗을 수 없는 영혼과 사랑, 그리고 조국이 있다.

―전란에 맞서는 강인한 여인들의 용기와 당당함을 보라.

다음날, 새벽닭이 날카롭게 울어대는 탓에 벌떡 일어났다. 뜨거운 나라에 왔으니, 치열하게 하루를 보내라고 다그치는 듯했다. 숙소 근처 식당에서 길쭉한 쌀에 야채를 버무린 아침밥을 먹었는데 향신료의 맛이 청양고추보다 강렬했다. 방사능을 뿜어내는 듯한 햇살에 테가 넓은 모자와 선글라스와 팔 토시로 무장하고 호찌민전쟁박물관까지 걸었다. 도로에서 올라오는 열기를 머금고 호찌민전쟁박물관 입구로 들어서자 넓은 마당이 나타났다.

전쟁에서 썼던 미군의 오래된 탱크와 중화기들이 육중하게 자리잡고 있었다. 40여 명을 태울 수 있는 치누크 헬기를 배경으로 외국인들이 왁자지껄 사진을 찍었다. 중화기 앞에서 총 쏘는 시늉하는 백인 청년들도 보였다. 마당에 세워둔 전시물들로는 전쟁의 참상을 제대로 알 수 없었다. 그냥 신기하거나 흉물스러운 어른들의 장난감으로 보일 뿐.

땀을 닦아내며 박물관 안으로 들어갔다. 1층에는 커다란 벽면에 전쟁을 반대하고 평화를 염원하는 글귀가 각국 언어로 쓰여 있었다. 전쟁의 개략적인 내용들을 담은 자료들이 전시되었고 번잡하고 시끄러웠다.

2층으로 올라가자, 망치로 뒤통수를 맞은 듯 경악하며 그 자리에 얼어붙었다. 휘둥그렇게 눈을 뜬 채 모두 침묵했다. 거기에는 아이들이나 임산부가 결코 봐서는 안 될 처절한 사진들이 나열되어 있었다.

아스팔트 바닥에 널브러진 시신들, 시위하다가 쫓긴 자리에 나뒹구는 주인 잃은 신발들, 형체마저 분간할 수 없이 찢긴 몸뚱이들, 집단으로 학살되어 무더기로 팽개쳐진 시체 더미. 화염으로 타오르는 마을, 너덜거리는 시신을 들어올리는 미국 병사의 일그러진 얼굴,

죽은 아이를 끌어안고 통곡하는 어머니의 망연자실한 표정.

한 장 한 장의 사진마다 전쟁의 잔인성과 추악함을 증언하고 있었다. 속이 메스껍고 토악질이 나오며 다리가 휘청거렸다. 이렇게 아름다운 나라에서 이런 참담한 비극이 벌어졌다니 전쟁의 광기에 머리가 아득해지고 분노가 치밀었다.

굴비처럼 엮여 미군에게 위협을 당하며 끌려가는 청년들의 사진 밑에 글귀가 보였다.

1965년 11월, 베트남 애국자들이 미 해군에 의해 집단으로 묶여서 심문 캠프로 끌려가고 있다.

그들이 처형되었는지 감옥에 갔는지 풀려나왔는지 알 수 없었지만, 인간을 동물처럼 취급하는 미군의 행태에 그동안 품어왔던 미국에 대한 호감이 한순간에 환멸감으로 전환했다. 군대 자체에 대한 반감이 들면서 씨부렁거렸다. 나치 군대나, 소련의 붉은 군대나, 극악한 일본군이나. 인민군이나 광주에 투입되었던 계엄군이나, 세계 곳곳에 주둔한 미군이나 군인은 다 똑

같아. 살상을 저지르는 악마의 속성을 가진 집단이지. 좋은 군대가 어디에 있어? 선한 전쟁도 절대 없는 것이야.

박물관 안에는 미군이 사용했던 포탄과 그 파편들, 각종 중화기와 총기들, 베트콩이 애용하던 AK47 소총과 조잡한 수제 무기들이 전시되어 있었다. 여러 종류의 지뢰와 폭격기의 대형 포탄을 보고 있노라니 훅하는 섬뜩함에 더위를 잊었다. 저런 무기들이 발사될 때마다 육신이 산산조각이 나고 영혼이 곤두박질했을 것을 생각하니 나도 모르게 몸서리쳐지며 소름이 온몸에 번졌다.

맹그로브숲이 코끼리 사체처럼 하얀 뼈대로 변한 사진이 눈에 박혀왔다. 아, 에이전트 오렌지! 고엽제의 피해가 저렇게 무섭구나.

이파리 하나 없는 나무 뼈다귀 앞에 벌거벗은 소년이 숲속 주술사처럼 서 있다. 하얀 이를 드러냈는데 비웃음인지 고통으로 인한 찡그림인지 분간이 되질 않았다. 곧 한 손으로 하늘을, 한 손으로는 땅을 가리키며 어른들의 무지와 포악함을 꾸짖을 듯했다.

"황색 액체를 뿌린 자나 맞은 자나 그 후손에게 괴물

의 저주가 있으리라. 물질의 알맹이는 신의 영역이니라. 그것을 변형시켜 살상무기로 쓰는 시대에 공기가 뜨거워지고 인류는 생존을 위해 울부짖으리라. 싸움은 정신으로, 전쟁은 입에서 끝내야 하느니라."

어느 방에는 기형을 갖고 태어난 아이들 사진이 빽빽했다. 팔다리가 없는 소년 소녀들, 코와 입이 뒤틀려서 엉뚱한 곳에 붙어 있는 아이, 삐뚤어지고 변형된 신체, 하얀 옷에 천사처럼 웃는 금발 여아는 양팔이 없었다. 고엽제의 영향은 미군이나 베트남인이나 그 후손이나 예외가 없었다. 누가 이 아이들을 이렇게 만들었는지 누군가 책임은 졌는지? 저 아이들의 미래는 어찌되었는지 마음이 심란하고 착잡했다.

베트콩 몇 명 사살했다는 뉴스에 좋아했던 어린 시절의 무지함에 머리를 쥐어박았다. 전쟁의 진실을 몰라도 너무 몰랐었구나. 전쟁의 참상에 무감각했던 나 자신이 어쩜 죄인의 하나야. 학교에서 배우거나 뉴스에 나온 것을 곧이곧대로 믿은 내가 바보였어. 더 알아보고 깊게 성찰하고 종합적으로 비판하며 받아들여야 했었는데. 나이가 어렸기에 몰랐다는 변명도 구차하네. 머리가 없는 밥통으로 헛살아왔어.

지금도 이따금 터지는 지뢰에 후천적 장애인이 발생하고 고엽제로 인한 선천적인 장애아들이 태어나고 있으니, 전쟁은 끝난 것이 아니었다. 총성만 안 들리지, 그들은 아직도 추악한 전쟁의 후속편을 치르는 중이었다.

　　고엽제 하나만으로도 이 나라가 아직 고통을 당하고 있는데 작은 땅덩어리 한반도에서 핵전쟁이 터지거나 핵발전소 사고가 나면 어찌될까? 방사능의 후유증은 얼마나 심각하며 언제까지 후대에 악영향을 끼칠지 내 지적 능력으로는 가늠이 되질 않았다. 다만 오싹해졌다.

　　어느 외국인이 벽에 붙은 사진을 보더니 "사우스 코리아!"를 짜증스러운 투로 거명하며 지나갔다. 귀가 번쩍한 나는 그 벽 앞으로 다가가 자세히 살펴봤다. 그곳에는 태극기를 든 한국 군인들이 베트남에 도착하는 사진과 함께 한국군에 대한 영문 기록이 눈에 들어왔다.

　　1964년 8월 19일 한국군이 베트남에 들어왔다. 1973년 3월 22일 철수했다. 1968년에는 5만 명에 달했으며 총

32만 8천여 명의 군인이 활동했다. 5천여 명 이상이 사망했으며 1만 1천 명이 부상당했다. 냐짱에 야전사령부, 꾸이년에 맹호부대, 닌호아에 백마부대, 캄라인만 지역에 청룡부대, 2개의 후송병원과 1개의 외과병원을 운영했다.

베트남 참전에 대한 여러 이유가 있었겠지. 현시점에서 뒤돌아보면 과오의 역사야. 한국군이 마을을 불태우고 베트콩과 상관없는 비무장 민간인들에게 총질했다니, 있어서는 안 될 일을 저질렀어. 한국군이 무고한 양민을 집단학살했다는 사실에 한국인이라는 자부심이 한순간에 무너졌고 마음이 맷돌처럼 가라앉았다.

어느 방에는 장애인 아이들을 주제로 한 초등학생들의 그림들이 빼곡했다. 양쪽 다리를 잃은 소녀가 휠체어에 앉아서 연을 날리는 그림이 정겹게 보였다. 친구들이 휠체어를 붙들고 함께 즐거워하고 하늘에는 해가 웃고 새와 나비가 날았다. 그들은 가족과 친구와 함께 전쟁으로 인한 장애를 딛고 희망을 하늘에 높이 띄웠다. 장애인 아이들에게 선물을 주고 같이 놀고 정답게 웃는 모습에서 공동체의식이 살아 있음을 봤다.

사회 전반적으로 전쟁 장애인들을 위한 세심한 배려

가 돋보였다. 꾸찌터널 투어 때에 장애인이 일하는 작업장을 거쳐야 했다. 수십 명의 장애인이 자수를 놓고 도자기에 그림을 그리느라 몰두하는 현장을 볼 수 있었다. 전쟁과 장애를 넘어서서 그들은 남방의 뜨거운 열기처럼 치열하게 삶의 수레바퀴를 굴리고 있었다. 혼자가 아니라 함께, 과거를 넘어 미래를 지향하며, 땅이 아니라 하늘을 바라보면서. 그들은 낙관적이고 질긴 민족성을 지닌 단합된 사람들이었다. 전쟁 상흔을 극복하며 웃음을 잃지 않으려는 의지를 높게 평가해주고 싶었다.

전쟁의 참혹한 잔상을 지닌 채, 전쟁박물관을 나오면서 한 여인을 떠올렸다. 두 번의 세계대전을 거치면서 전쟁, 노동, 빈민, 여인의 삶을 동판화로 제작했던 독일의 판화가 케테 콜비츠. 대학원 시절 평화학을 공부하면서 접했던 인물이다. 그녀는 빈곤한 노동자들의 고단한 현실과 전쟁 탓에 고통당하는 여인들의 삶을 묘사한 다양한 작품을 남겼다.

내가 본 그녀의 많은 작품 중 하나가 뇌리에서 꿈틀거렸다. 왼손은 가슴에, 오른손은 하늘을 향해 절규하는 젊은이를 새긴 판화이다. '더이상 전쟁은 안 된다'

는 독일어 문구가 배경에 새겨져 있다.

지구상 어느 나라에서도, 더욱이 한반도에서 전쟁은 결코 안 된다는 압박감이 머리를 짓눌렀다. 전쟁의 잔혹함을 본 탓인지 저녁밥 생각이 전혀 없었다. 메스꺼움과 먹먹함으로 숙소에 도착해 쓰러졌다.

낮에 방문했던 전쟁박물관 계단 위에 내가 서 있다. 내면 깊은 곳에서 전쟁에 대한 반감과 거부의 욕지기가 올라온다. 구글 번역기를 사용하여 '더이상 전쟁은 안 된다'는 문구를 각국 언어로 찾았다.

케테 콜비츠의 판화 속 젊은이처럼 절박한 얼굴과 진지한 태도로 나도 왼손을 가슴에 대고 오른손은 하늘을 향해 쳐들었다. 그리고 외치기 시작했다.

"더이상 전쟁은 안 됩니다!"

사람들을 둘러보며 몇 번을 소리쳤다. 한국말을 못 알아듣는 외국인들이 무슨 일이냐는 듯 멀뚱히 나를 쳐다봤다.

마침 시끄럽게 떠들며 지나가는 중국인 무리가 보였다. 나도 모르는 사이에 중국어가 튀어나왔다.

"뿌야오 짜이요우 잔정(不要再有戰爭)."

노란 머리의 미국 청년 남녀가 손을 잡고 다가왔다. 그들의 눈을 응시하면서 입을 열었다.

"노 모어 워즈(No more wars)."

수염이 덥수룩 자란 독일 젊은 남자에게 외쳤다.

"니 비더 크리이크(Nie wieder Krieg)."

생기발랄한 일본 아가씨들이 다소곳이 지나갔다.

"니도또 센소와 오곳테와 이케나이(二度と戦争は起こってはいけない)."

푸틴을 닮은 대머리의 러시아 노인이 눈에 들어왔다. 정색하며 크게 소리 질렀다.

"니예트 볼셰 보이니(Нет больше войны)."

둘러선 베트남인들에게 목소리를 높였더니 박수가 터져나왔다.

"콩 꼬 찌엔 짜인 못 런 느어(Không có chiến tranh một lần nữa)."

이 사람, 저 사람을 향해 각국 언어로 소리치자 사람들이 시끌벅적 모여들었다. 처음에는 정신 나간 이의 난동인 줄 알던 사람들이 내 진심을 알았는지 박수를 보내기 시작했다. 그러더니 한 사람 두 사람 자기 나라 언어로 '전쟁은 안 된다'고 소리쳤다. 점점 사람들이 많아졌고 어느덧 합창이 되었다. 각국 사람들이 전쟁을 반대한다는 양심의 노래가 되어 베트남 하늘에 메아리쳤다.

그것도 잠시, 일이 너무 커졌음을 느낀 나는 더럭 겁이 났다. 이렇게 많은 사람이 모여 소리치면 시위하는 것으로 알고 곧 경찰이 올 것 같았다. 시위 주동자로 몰려서 경찰에 붙들리면 내 여행은 여기서 끝날 판. 어찌 수습해야 할지 난감했다. 가장 좋은 방법은 손자가 병법으로 전해준 줄행랑. 튀어야 할 시점임을 직감했다.

그냥 도망가면 패배자가 되는 법. 한국인으로서 멋진 인상을 남기며 인사는 제대로 해야 했다. 모여드는 각국 사람들에게 손을 흔들면서 헤어짐을 아쉬워했다.

"짜이찌엔, 사요나라. 굿바이, 아우프 비더젠, 땀 비엣, 안녕!"

그러자 외국인들 입에서 단음절의 한국어들이 튀어나왔다.

"대장금, BTS, 삼성, 손흥민, 패러사이트, DMZ, 김치, 오징어 게임. 오빠, 안녕!"

6·25전쟁의 참화를 딛고 경제와 문화 강국이 된 한국에 대해 떠오르는 단어를 외쳐댔다. 나는 갑자기

BTS가 되고 손흥민이 되고, 영화의 주인공이 된 듯 뿌듯했다.

재빠르게 전쟁박물관 마당을 빠져나왔다. 아직 경찰이 올 기미는 없었다. 비행기가 지상을 박차며 공중으로 날아오르는 시원함이 아드레날린과 함께 발산되었다.

전쟁박물관 밖에는 희망과 평화의 상징처럼 연이 떠올랐다. 휠체어에 앉은 소녀가 연을 날리면서 해맑게 웃고 있었다. 팽팽하게 당긴 연줄에서 삶의 의지가 질끈 느껴졌다.

거리로 나와 인파 속으로 묻히려는데 호각소리와 함께 "저놈 잡아라!"하는 고함이 들렸다. 도망을 가야 하는데 자석에 고정된 쇠붙이처럼 한 발짝도 뗄 수 없었다. 발을 허둥대던 나는 꼬끼오 소리에 눈을 떴다.

"얼마나 고단했던지 긴 꿈을 꾸었구나. 그런데 좋아, 너무 좋아. 연(鳶) 꿈을 꾸는 평화의 아침이 정말 좋구나!"

회리바람 타는 닭

토요일만 되면 민철은 머리가 지근거렸다. 온 가족이 함께 시간을 보내는 것을 행복보다 피곤함으로 느끼기 시작한 것은 50대 중반이었다. 주말이 되면 엄마 품이 그리운 듯 남매는 본가로 들이닥쳤다. 직장생활이 고단한지 휴일이면 연애하고 놀러 다니기는커녕 그냥 퍼져 자거나 쉬고 싶어 하는 다 큰 자식들이 안쓰러웠다.

　민주화 시대를 열정으로 살아온 민철은 자신을 자못 진보적인 사람이라고 여겼다. 그래서 가족들의 욕구를 존중하고 경청하면서 작은 일까지 민주적 절차를 거치려고 노력했다. 그러나 시시콜콜한 일까지 의사를 타진하고 조율하려니 여간 번잡하고 짜증스러운 일이 아니었다. 애들이 크면서 자기주장이 강해지자, 합의하고 결론을 도출하는 과정이 고차원 방정식처럼 점점 까다로워졌다.

"이번 토요일은 온 가족이 나들이할까? 늦가을 정취를 느끼고 싶네. 가을은 남자의 계절이잖아."

"당신은 단풍 구경하고 싶어? 나는 옷도 살 겸 쇼핑을 하고 싶은데. 날도 추워지는데 롱코트 하나 샀으면 좋겠네."

"엄마, 토요일이라 교통 복잡한 것 몰라요? 쇼핑은 커녕 백화점에 주차하느라 개고생할 텐데. 넷플릭스 보면서 맛있는 것 시켜 먹고 푹 쉬고 싶당."

무엇을 할 것인가보다 무엇을 먹을지 결정하는 일은 더 난해했다. 아이들은 고칼로리의 배달음식이라면 "앗싸!" 환호하며 좋아했다. 아내는 맛깔난 일식을 선호하는 반면에 민철은 외식 자체를 달가워하지 않았다.

"여보! 복잡한 주말이라고 애들이 밖으로 나가길 꺼리네. 가족이 한자리에 모였는데 치킨이라도 시켜 먹읍시다. 배달시켜서 집에서 먹는 것이 제일 편하고 좋지."

"뭐? 치킨? 나 그거 못 먹는 것 잘 알잖아? 집밥이 최고지. 야채나 과일을 곁들여 먹으면 더 좋고. 하여간 닭고기만큼은 절대 안 돼. 중화요리나 피자까지는 몰라도."

"당신은 왜 그리 치킨을 싫어해? 닭고기 알레르기 있는 것도 아닌데. 치킨 한번 시켜 먹은 적이 없다고 애들이 당신 많이 이상하대. 다른 집은 툭하면 치킨 파티하는데 비싸서 그래? 아니면 당신이 닭띠라서? 닭고기 거부증이 유별나네. 당신 만난 이후로 삼계탕 한번 못 먹어봤어."

치킨이라는 단어에 민철은 얼굴을 찌푸리며 손사래를 쳤다. 닭볶음, 닭강정, 닭갈비, 닭가슴살, 닭육회, 찜닭, 닭꼬치, 닭곰탕, 닭죽, 닭발, 닭똥집, 닭튀김, 닭백숙, '닭' 글자가 들어간 음식명 자체를 꺼렸다. 돼지나 소고기, 생선은 다 잘 먹는데 닭고기만큼은 한사코 회피했다.

닭과 연관된 이상한 종교에 빠진 것도 아닌데 닭고기를 왜 거부하는지 가족들도 그 내막을 알 수 없었다.

살아 있는 닭이나 계란은 그런대로 대하는데 닭고기만 보면 손으로 머리를 감싸고 두통을 호소하거나 몸을 부들부들 떨었다. 텔레비전에 치킨 조각을 뜯는 장면이라도 보이면 혼잣말로 나부랑대다가 자리를 박차고 뛰쳐나가기도 했다.

민철은 역사학 박사과정을 수료한 후, 서울에 있는 대학에서 강사로 일했다. 수원역에서 기차를 타고 서울역 앞에서 버스로 환승하는 것이 제일 빠른 길이었다. 서울역광장으로 나오면 언제나 북적이고 소란스러웠다. 사람들이 깃발을 내두르며 소리치며 시위하는 모습이 일상이었기에 대부분 무덤덤하게 지나쳤다. 그러나 얼룩무늬 국방색 옷에 태극기와 성조기를 든 노인들을 보면 민철은 고개를 가로저으며 얼굴을 일그러뜨렸다. 안하무인으로 욕설하며 억지 주장하는 무리의 행태가 역겹고 꼴사납게 보여 비웃었다. 종교 집회도 아닌데 왜 십자가를 들고 난리래? 성조기에 이스라엘 국기까지 휘날리며 뭐 하는 짓이야? 저거 어느 나라 사람들이야? 미국이 좋아서 저러는 것이야? 미국 보고 도와달라는 것이야? 이스라엘 국기는 또 뭐래? 도무지

해석이 안 되는 조합이네.

노인들이 움켜쥔 성조기에 짐승의 형상이 펄럭이고 있음을 민철은 새삼 깨달았다. 성조기 위쪽에 그려진 네모난 박스는 먹이를 빨아들이는 주둥이로, 그 안에 가지런히 박힌 별들은 촘촘한 이빨로, 붉은색의 줄무늬는 피를 가득 머금은 내장처럼 보였다.

"네모난 입으로 닭을 흡입한 후, 별 모양의 톱니바퀴가 회전하여 먹어치우는 괴물 같아. 펄럭펄럭 머리를 흔들며 먹잇감을 찾고 있는 모습이야. 살벌하네."

이스라엘 국기의 정중앙에 그려진 남색 별은 민철의 눈에 절단 기계로 비쳤다. 커다란 육각별이 굴러갈 때마다 무수한 닭의 모가지가 동강이 날 것 같은 느낌에 소름이 쫘악 번졌다. 노인들이 살기와 증오의 눈빛을 뿜어내며 현직 대통령을 차마 입에 담기 힘든 비속어로 욕하며 죽이자고 광분했다.

발광하며 날뛰는 모양이 광란의 사이비 종교 집회보다 더하네. 미쳐도 난잡하게 미쳤어. 무엇이 이 노인들에게 극단적 편향성을 갖게 했을까?

민철이 노인들의 작태를 안타까워하는 참에 어느 젊은이가 시위하는 무리에게 달려들었다.

"이 무식한 꼰대 노친네들! 아직 냉전시대인 줄 아세요? 늙은 뇌세포들, 종북 타령 지긋지긋하네요."

기다렸다는 듯 노인들이 젊은이를 둘러싸고 힐난했다.

"뭐야? 이 새끼 빨갱이야? 네가 뭘 안다고 그래? 피도 안 마른 철딱서니가?"

"철의 장막이 무너지고 달나라도 가는 시대예요. 21세기 지구촌 세상이 아닌가요? 진짜 꽉 막혔네요."

"호시탐탐 노리는 북괴의 적화 야욕을 몰라? 우리는 잠시 휴전중이야. 아직 종전이 안 된 전시 상태란 말이야. 이 종북좌파놈아!"

"언제까지 전쟁 망령에 사로잡혀 살 거예요? 평창올림픽에도 참가한 저들과 평화롭게 지낼 생각을 왜 못하는 거예요?"

"니들이 전쟁을 알어? 주사파가 청와대까지 장악한 사실을 정말 몰라? 나라를 곧 평양에 바칠 것이라는데 그냥 있을 수 있어?"

"어이구, 그런 허무맹랑한 가짜 뉴스에 언제까지 속으며 살 거예요? 종편 텔레비전이나 극우 유튜브에 빠져 사니까 세상이 온통 빨갛게 보이겠죠. 나이를 뒷구

명으로 잡혔소? 정신 좀 차려요."

"뭐? 너희 젊은것들이나 정신 줄 똑바로 잡아야지. 간첩이 5만 명이나 암약하고 있는 현실을 몰라? 우리 같은 애국자가 아니면 나라가 벌써 망했어. 자유민주주의를 지키는 최전선이 우리 같은 애국 노인들이야. 세상이 어찌되려고 이러는지 정말 큰일났어."

"허허, 간첩이 5만 명이라고요? 북쪽이 판 땅굴이 청와대를 지나고 수원을 거쳐 화성까지 왔다고 악을 쓰더니 어찌되었나요? 시추한다고 돈을 끌어모으더니 땅굴에서 간첩이 쏟아져나왔나요? 더 파면 노다지가 나올지도 모르죠. 평생 이념의 틀에 갇혀서 살 거예요? 인생 헛사셨네요."

멱살이 잡힌 청년은 쌍욕을 들으면서도 자기주장을 굽히지 않았다. 논리적으로 대화가 안 통하자, 노인들은 역정을 쏟아내며 젊은이에게 주먹으로 치고 발길질했다.

민철은 감히 나설 용기가 없어서 적당한 거리에서 지켜만 봤다. 대학 강단에서 메마른 학문이나 가르치는 나약한 자신에 대해 자괴감이 들었다. 저 젊은이처럼 목소리를 내며 덤벼들 담력이 내게는 없구나. 내가 알고 있는 지식, 내가 배우고 경험한 모든 것을 동원해도 저 노인들의 노여움과 광기를 해결해줄 수 없어. 박사과정까지 공부했는데 하잘것없는 불구적 지식인에 불과하네.

성조기를 흔드는 노인들의 뇌에 무엇이 틀어박혀서 저렇게 되었는지 민철은 도통 이해할 수 없었다. 나도 늙으면 저렇게 변할까? 치매에 걸려 똥칠하는 것보다 무지막지한 꼰대가 되어 남의 나라 국기를 흔들어댈까 두렵네. 노신사로 존경받는 황혼이 되어야 할 텐데.

그들을 힐끗 쳐다보다가 안경을 고쳐 쓰며 다시 확인했다. '주사파 척결'이라는 팻말을 들고 날뛰는 사람은 어려서 봤던 부잣집 머슴이 분명했다. 순간 가슴이 철렁했다. 맞아, 무시무시하던 그 왕머슴이야. 아직 안 죽고 저기서 저러고 있네. 저놈 상판대기만 봐도 다리가 후들거리네. 어서 피해야겠다.

민철은 머리를 감싸며 버스에 올라 자리에 앉았다. 어린 시절의 추억들이 차창 밖 가로수처럼 획획 지나다가 국민학교 3학년 시절에서 멈췄다. 동시에 오싹한 기억이 빨간 물감이 번지듯 빠르게 뇌리를 채웠다. 적색신호등에 걸린 버스는 알을 품은 어미 닭처럼 웅크린 자세로 한참이나 정차해 있었다.

논마다 황금색이 넘실대던 일요일 아침이었다. 민철은 동네 아이들과 함께 청검산 아래 부잣집 마당에서 뛰놀았다. 다른 집은 다 초가지붕이었는데 그 집은 동네에서 유일하게 함석지붕이었다. 하얀 지붕에서 반사된 햇빛이 멀리에서도 반짝였다. 그 집 논이 얼마나 넓은지 모내기나 벼를 벨 때는 동네 사람을 다 동원해도 모자라서 이웃 마을 일꾼까지 불러야 했다. 부잣집 벼 베는 날, 떠들썩한 것이 잔치하는 집 같았다. 사람이 모이면 재밌는 구경거리와 얻어먹을 것이 생기는 것을 아이들은 용케 알고 철새처럼 모여들었다.

그 집에는 20대 후반의 머슴 하나가 문간방에서 살았다. 부모 잃은 재일교포라는 말도 있고 이북에서 내려온 청년이라는 소리도 들렸으나 동네 사람들은 그의 출신보다 일 잘하는 것에 관심이 더 많았다. 자기 이름을 겨우 쓸 정도로 배움이 짧았지만, 힘은 천하장사였다. 벼 가마니를 어깨에 메거나 삽질이며 지게질이며 힘으로 하는 일은 그 머슴을 당할 사람이 없었다. 겨울철이 되면 산에서 나무를 베어다가 장작을 만들었는데 그가 도끼를 내려찍으면 덩치 큰 통나무가 쩍쩍 갈라졌다. 머슴질을 잘하니까 3, 40대 머슴이 마을에 몇 명 있음에도 불구하고 그를 왕머슴이라고 불렀다. 그를 부를 때마다 왕머슴이라 지칭했기에 그의 성씨나 이름을 정확히 알 수 없었다. 머슴들은 1년에서 3년 정도 새경을 얼마 받기로 약조해서 장가갈 밑천을 마련하거나 빚을 갚곤 했다. 그러나 그 왕머슴은 어떤 꿈이나 아무 계획도 없는 듯 소처럼 일에만 몰두했다.

머슴들은 주인 눈앞에서는 일을 잘하는 척해도 주인이 안 보이면 요령을 피우는 것이 보통이었다. 그런데 왕머슴은 시키는 대로 우직하게 일했기에 주인에게 인정받고 부잣집에서 몇 년이나 머슴살이를 할 수 있었다. 문제는 생각 없이 일만 하는 탓에 융통성이 없다고 주인이 골치 아파했다.

고추를 멍석 가득 말리는 날, 오늘은 참깨를 베라고 지시하면 그는 앞뒤 가리지 않고 참깨 베는 데만 집중했다. 오후에 갑자기 소낙비가 쏟아지면 마당으로 달려가서 고추를 창고에 들여놓을 소갈머리조차 없었다. 비를 몽땅 맞으면서 그날의 목표인 참깨만 우악스럽게 베어댔다.

마당에서 놀던 아이들은 점심때가 되자 슬쩍슬쩍 부엌 쪽을 쳐다봤다. 부엌에서는 아낙들이 수다를 떨면서 부산하게 움직였다. 일꾼이 많기에 무쇠솥 가득히 밥을 했다. 달구어진 솥에서 밥 익는 냄새가 코끝으로 스멀스멀 올라왔다. 밥 내음이 퍼지면 입이 먼저 알고 침이 고였다. 뛰놀던 아이들 배에서 꼬르륵 소리가 들릴 즈음에 들밥이 담긴 함지박을 머리에 인 아주머니들이 줄지어 나갔다. 키가 큰 아이 두 명이 술 주전자를 들고 따라갔다. 선택받은 그 애들은 일꾼들과 같이 밥을 실컷 먹을 수 있을 것이라며 꼬마들은 부러워했다.

밥이 들로 나간 후, 부엌에서 마무리 일을 하던 동네 누나가 환한 웃음을 머금고 아이들에게 누룽지를 한주먹씩 나눠줬다. 금빛이 감도는 누룽지를 한입 베어무는 순간, 입안 가득 고였던 침이 춤추면서 반겼고 고소한 맛을 내면서 목구멍으로 술술 넘어갔다.

누룽지를 몇 입 떼어먹고 나서는 더 먹고 싶은 욕구를 억눌렀다. 황금덩이나 되는 듯 누룽지를 종이로 싸서 동그랗게 만들었다. 그렇게 귀한 누룽지를 한꺼번에 먹어치우기에는 너무 아까웠다. 바지춤에 넣고 다니다가 몽땅 먹어서 빈손인 동무들에게 '나는 누룽지

있지롱'하며 자랑했다. 뒤늦게 와서 누룽지를 차지하지 못한 아이들이 한입만 달라고 졸졸 따라다녔다. 손을 내밀며 거머리처럼 따라붙는 동무에게 반입만 먹으라며 선심 쓰듯이 한 조각을 떼어줬다.

누룽지를 먹고 난 아이들은 흡족한 마음으로 집 주변에서 뛰기도 하고 마당에 금을 그어놓고 오징어놀이를 했다. 거동이 불편한 노인들은 아이들이 노는 것을 보면서 밤송이 벌어지듯 크게 웃으면서 즐거워했다. 아낙들은 쪼가리로 남은 부침개를 아이들에게 슬쩍슬쩍 가져다줬다. 모두가 행복했고 더 바랄 것 없이 배부르고 만족한 하루를 만끽했다.

고추잠자리들이 아이들을 따라서 뱅글뱅글 돌았고 황금 들녘에서는 일꾼들의 노랫소리가 흥에 겨웠다. 가을 햇빛은 찬란했고 청검산에서 불어오는 실한 바람에는 풍년가가 담겨 있었다.

늦은 오후가 되자 아낙들이 심각한 표정으로 밖으로 나왔다. 마당 언저리에서 모이를 찾던 닭을 붙잡으려고 쫓아다녔다. 닭들은 꼬꼬댁거리면서 이쪽저쪽으로 우르르 피했다.

"암탉 말고 수탉을 붙들어야 해."

쫓기던 닭 중에 붉은 볏이 굵게 달린 한 마리가 잡혔다. 닭의 날개를 움켜쥔 아낙들이 난감한 표정으로 한 마디씩 했다.

"닭을 어찌 잡는디유?"

"바늘로 혀를 찌르면 된다는 디 겁나서 못 허겄슈!"

"모가지를 비틀어서 숨을 못 쉬게 하면 죽겄쥬."

"난 못 해유, 퍼덕거리는데 우찌 비틀어유?"

"그럼, 모가지를 물 대야에 처박으면 안 될까유?"

"숨막히면 가만히 있겠슈? 발로 할퀴고 버둥거릴 텐디유."

"그럼, 작대기로 후려쳐봐유!"

벼베기에 지친 일꾼들에게 저녁으로 닭고기를 대접할 모양이었다. 잡혀서 퍼덕거리는 닭은 꺅 꺅 소리를 질러댔다.

눈매가 매서운 아낙이 용기를 내어서 닭의 입을 벌리고 대바늘로 두어 번 혀를 찔렀다. 닭은 그리 쉽게 죽지 않았다. 우락부락한 아주머니가 닭 모가지를 비틀어서 물이 가득 담긴 대야에 머리를 처박았다. 거세게 발버둥치는 바람에 실패했다. 닭발에 할퀸 아주머니의 팔뚝에 몇 가닥의 핏자국 줄무늬가 생겼다. 성질이 괄

괄한 노처녀가 팔뚝을 걷어올리고 작대기로 닭을 향해 여러 번 내리쳤으나 닭은 요리조리 피했다. 여러 방법으로 몇 번을 시도했으나 아낙들은 닭 잡는 것을 결국 포기했다.

아낙들은 왕머슴을 부르러 논으로 아이 하나를 보냈다. 검게 탄 얼굴에 머릿수건을 동여맨 왕머슴이 달려왔다. 쿵쿵 뛰어오는 땅울림이 감지되자, 닭은 자신의 운명을 직감한 듯 한쪽 다리가 묶인 줄을 팽팽하게 당기면서 살고자 몸부림쳤다. 거친 숨소리와 함께 시커멓게 자란 수염을 손으로 쓸어내리며 왕머슴이 소리쳤다.

"벼베기도 바쁜데 이따위 닭 하나 못 잡아서 뭔 난리래유?"

고집이 쇠뿔처럼 단단해 보이는 왕머슴 얼굴에는 바늘을 꽂아도 피 한 방울 없을 것 같았다. 희멀건 눈알을 귀찮다는 듯 부라리면서 대뜸 헛간으로 들어갔다. 커다란 도끼를 들고 숨을 몰아쉬면서 나왔다. 아이들은 겁먹은 눈으로 뒷걸음질쳤다. 왕머슴은 손바닥에 침을 퉤퉤 뱉어가며 도낏자루를 움켜쥐고 닭이 있는 곳으로 다가갔다. 묶인 줄을 도끼로 단번에 끊더니 한 손에 닭을 거머쥐고 마당 한가운데로 나왔다.

뭉툭한 맨발로 닭의 몸통을 밟아서 꼼짝 못하게 만들었다. 짓눌린 숨구멍을 통해 씩씩대는 신음이 새어나왔다. 그는 도끼를 치켜들었다. 하늘로 세워진 도끼날에 흰빛이 감돌았다. 아낙들은 놀란 눈을 크게 뜨고 아이들은 양손으로 얼굴을 가렸다.

높이 올린 도끼날이 공기를 갈랐다. 획 소리가 났다. 닭의 목을 향해 그대로 내리꽂혔다. 순간, 뭔가 번쩍했다. 그대로 동강났다. 머리와 몸통이.

잠시 시간이 정지한 듯했다. 아이들 숨소리도 멈췄다. 현실이 아닌 것 같았다. 한동안 어떤 소리도 어떠한 움직임도 없었다. 아낙들은 입을 손으로 막은 채, 어떤 아이는 도끼날을 쳐다본 채, 민철은 닭의 목을 주시한 채 일시정지 화면처럼 굳어버렸다. 세상의 모든 것이 찰나에 멈춘 듯 정지 상태가 되었다.

왕머슴은 닭 모가지를 내리찍은 도끼를 허공에 몇 번 돌리더니 마당가로 획 던졌다.

날아가는 도끼날에는 피 한 방울 묻어 있지 않았다. 얼마나 빠르게 닭의 모가지를 통과했는지 도끼는 아무 일도 없었다는 듯 원래 모습 그대로 깨끗했다. 그가 던진 도끼가 다 끝났다는 듯 땅바닥에 처박히는 순간, 목 잘린 닭의 몸통이 푸덕푸덕 꿈틀댔다. 그리고 튀어올랐다. 동시에 닭의 머리도 땅에서 펄떡였다. 절단된 닭의 몸통과 머리가 1미터 정도 튀어오르면서 마당을 퍼덕퍼덕 돌았다. 피를 쭉쭉 뿌리면서.

"에이 쌍. 이거 하나 잡는 게 뭐가 어렵다고 그래?"

왕머슴이 내뱉는 소리에 정적이 깨어졌다. 얼마의 압축된 시간이 흘렀을까? 꿈에서 깬 듯, 우두커니 서 있던 아이들의 의식이 서서히 돌아왔다. 닭은 몸통과 머리가 분리된 채 땅바닥에 널브러져 있었다. 왕머슴은 손을 툭툭 털고 들녘으로 재빠르게 달음질했다. 오늘 목표치인 벼베기를 끝낼 심산으로 뒤도 안 돌아봤다.

닭의 몸통과 머리가 서너 바퀴를 돌면서 마당을 피범벅으로 물들였다. 몸통은 머리를 찾아서, 머리는 몸통을 향하여 붙으려고 서로 달려드는 듯했다. 흥건한 피를 다 쏟아낼 때까지 공중에 튀어올랐다가 땅에 곤두박질치기를 반복했다.

아낙들은 "엄마야!" 소리 지르면서 집안으로 쫓겨들어갔다. 민철과 친구들은 경악하며 그 자리에 얼어

붙었다. 그 처절한 몸부림에 넋을 빼앗긴 채 지켜봤다. 왕머슴은 들녘으로 내빼듯 달려갔기에 그 처참함을 볼 수 없었다.

기겁한 아이들은 뿔뿔이 흩어져 집으로 달아났다. 저녁밥을 먹지 못했고 목 잘린 닭이 민철의 눈앞에서 어른거려서 잠을 이룰 수 없었다. 도끼가 머릿속에서 춤췄다. 꺅꺅대고 퍼덕거리는 소리가 귀청에서 메아리쳤다. 목 잘린 닭의 머리와 몸통이 피를 뿌리며 나뒹구는 모습이 오래도록 민철의 뇌 속에서 꿈틀댔다.

그후, 부잣집에서 벼타작을 하고 모내기를 해도 민철은 다시는 가지 않았다. 무지막지한 왕머슴을 보기만 해도 기절할 것 같아서 그가 나타날 만한 길이나 논은 아예 피해 다녔다.

고등학교에 입학하여 학업에 몰두하던 어느 여름, 민철은 판문점에서 날아온 뉴스에 가슴이 덜컹했다. 오랫동안 기억 속에 가라앉아 있던 도끼란 낱말이 격발되어 머릿속이 총에 맞은 듯 뒤흔들렸다. 목 잘린 닭이 눈앞에 나타나 빙글빙글 돌았다. 눈을 감았지만, 피를 쏟으면서 튀어오르던 닭의 모습이 점점 선명하게 되살아났다.

미루나무 가지치기를 하던 미군 장교 두 명이 인민군이 휘두른 도끼에 찍혀 죽었다. 나라가 들썩였다. 긴장감이 한반도를 짓눌렀다. 미군의 핵항공모함이 동해로 밀려들고 신문과 방송에서는 전쟁이 날 듯 연일 요란했다. 학생들은 궐기대회에 강제로 불려나가야 했다. 멀뚱히 앉아 있는 학생들을 향해 연사가 미친개, 몽둥이, 도발, 만행이라는 용어를 내뱉으며 누군가의 목을 따고 때려잡자며 격앙했다.

연사의 열변 중에 '목을 따자는' 말이 들리자, 민철은 어지럽더니 머리가 뜨끔거리며 통증이 밀려왔다. 창자가 꼬인 듯 몸이 뒤틀리고 누런 하늘이 뱅뱅 돌았다. 머릿속에서 도끼가 날아다니고 목 잘린 닭이 버둥거리며 꺅꺅거렸다. 양손으로 머리를 감싸고 이를 악물면서 이런 고통을 왜 자신이 당해야 하는지 억울했다.

"난 어떤 짓도 안 했단 말이야. 아무 잘못이 없는데 왜 내 머릿속에서 도낏날이 휘젓고 닭이 아우성치느냐 말이야. 아이구 머리 아파라. 머리통 빠개지겠네."

판문점에 미군은 왜 있는지? 미루나무 가지치기가

뭐 별거라고 인민군은 도끼로 미군 장교를 찍어야 하는지 민철은 아무리 생각해도 용납되지 않았다.

그날 이후 민철은 이상해지기 시작했다. 수업시간에 혼자서 중얼중얼하거나 히죽히죽 웃곤 했다. 갯마을 촌놈이 대전의 명문 고등학교에 1등으로 입학해서 선생들의 기대를 한껏 받았던 민철이었다. 어느 날 복잡한 미적분 계산식을 풀다가 뛰쳐나가며 소리쳤다.

"으아악, 인티그럴이 도끼날처럼 춤춘다. 시그마가 닭 모가지랑 똑같잖아. 아, 머리 아파. 내가 왜 이러지?"

운동장을 가로질러 뛰면서 무엇인가와 싸우는 듯했다. 주먹을 뻗치는가 하면 돌멩이를 집어서 교무실 쪽에 던지기도 하고 운동장 끝에 있는 포플러나무 가지를 꺾더니 사방에 대고 휘둘러댔다.

"으아악. 닭 모가지가 쫓아온다."

선생과 친구들이 몰려나와 민철을 붙잡으려 했다. 그러자 민철은 운동장의 모래를 뿌리면서 악을 쓰며 반항했다.

"이놈의 닭대가리들아, 나를 건들지 말란 말이다."

이 사건을 계기로 담임선생이 민철을 대학병원 정신

과에 데려갔다. 긴 설문조사와 면담을 마친 의사가 담임선생에게 말했다.

"아직은 초기인데 경과를 지켜봐야 해요. 큰 충격을 받은 일이 있었나요? 우울증을 동반한 정신분열 증상입니다. 10대 후반이나 20대 초반에 발병하기 쉽습니다. 학업은 당분간 쉬는 것이 좋겠어요. 휴양하면서 약물치료로 심신을 안정시켜보자고요."

민철은 휴학생이 되었다. 대학이고 공부고 나발이고 다 부질없어 보였다. 휴학한 고등학생에게 같이 놀 친구가 있을 리 만무했고 먼 산을 멀뚱히 바라보며 지냈다. 머리가 쪼개지는 듯 아플 때면 달리기하거나 자전거를 타면 상태가 좋아졌다. 한참을 쉬고 나자 어느 정도 진정이 되었다.

민철은 자전거여행을 준비했다. 빗속을 뚫고 달릴 수 있는 전신 우비, 노숙할 수 있는 침낭, 펑크를 대비한 땜질용 본드, 비상시 허기를 채울 수 있는 건빵과 견과류, 짐승이나 불량배의 공격에도 대비할 수 있도록 작은 손도끼와 과일을 까먹을 과도까지 챙겼다.

고향 서산에서 출발해 충청도 지역을 훑으면서 다녔다. 늦여름, 땀으로 범벅이 된 민철은 우물가의 어른들에게 주저주저 다가갔다. 물 한 모금 달라고 입을 열 숫기가 없어서 주춤거렸다. 촌로 한 분이 설핏 보고 민철의 사정을 알았는지 미소를 띠며 물바가지를 건넸다.

"어이 학생, 여기 물 좀 마셔봐. 냉숫골 물이니까 시원할 것이네. 근데 공부하기 싫지? 그려, 놀 때는 실컷 놀아야 좋은 것이여."

차가운 물보다 노인의 친절한 한마디에 마음이 더 시원했다. 김좌진, 윤봉길, 한용운, 신채호, 유관순 생가와 유적지를 돌아보면서 역사에 대한 관심이 일렁였다. 엉덩이에 굳은살이 박이도록 아스팔트로 된 국도를 달리고 때론 황톳길과 자갈길을 넘나들었다. 충청도 지역을 돌고 경기도를 거쳐서 서울 쪽으로 내달렸다.

일제의 만행이 담긴 제암리 유적지에서 머리가 또 지근거렸다. 교회당에 사람을 몰아넣고 불지르고 총질했다니 일제의 잔학성에 주먹을 공중에 뻗으며 치를 떨었다. 근처에 일본놈이 있다면 이단옆차기로 공격하고 몽둥이라도 휘두르고 싶었다. 그러나 민철은 입을 악다물고 격정이 일어나는 감정을 추스르며 다짐했다. 자전거를 탔더니 허벅지 근육보다 정신이 더 단단해졌구나. 앞으로 어떤 일이 있어도 마음을 다스리며 살 거야. 머리 아픈 것도 참아내면 큰 문제가 아닐 거야.

두 달간의 자전거여행을 마치고 찬바람이 불자 공부할 욕구가 슬금슬금 일었다. 차분하게 앉아서 사색하며 책에 골똘했던 본모습을 회복하기로 마음을 다잡았다. 방정식을 풀어야 하는 수학이나 분자식이 나열된 화학보다 여행중에 관심을 끌게 된 역사에 푹 빠졌다.

일제강점기와 해방 이후의 분단 과정과 6·25전쟁의 진상을 가을 내내 파헤쳤다. 정확한 정보를 제공해주는 책이 없어서 헌책방을 뒤져 〈씨알의 소리〉나 〈사상계〉를 읽었다. 학교에서 제대로 가르쳐주지 않는 새로운 시각의 분단사를 접하면서 지적인 충격을 받았다. 교과서로 배운 것이 반쪽짜리 엉터리 역사라는 사실에 부아가 났다. 역사적 진실이 무엇인지 스스로 파악하고자 자료를 찾고 읽고 분석하느라 새벽까지 책상머리를 지켰다. 추잡한 분단 과정과 추악한 전쟁으로 짙게 드리운 민족사의 아픈 실상을 알게 되자 천고마비의 계절인데도 밥맛을 잃었다.

목 잘린 닭보다 더 참담한 동강난 역사를, 그 처절한 통곡을, 무지막지한 외세의 칼날에 식민지가 되고 토

막난 비극을, 동족끼리 죽고 죽이면서 이어온 피 흘린 죄악상을 인식하며 한숨과 통탄이 흘러나왔다. 그리고 한몸으로 다시 붙고자 열망하는 민족혼의 날갯짓을 느꼈다.

　서울역광장에서 젊은이가 노인들에게 대들며 항의했던 날 민철은 꿈을 꿨다. 함석지붕의 부잣집 마당에 서 있는 국민학교 3학년 때의 자기 모습이 보였다. 목 잘린 닭의 몸통과 머리가 아직도 튀어오르고 있었다. 마당을 몇 바퀴 각자 돌더니 드디어 회전주기가 겹치는 지점에서 만날 듯했다. 오랜 기다림 끝에, 핏빛 몸부림으로 다시 만나서 막 붙으려던 참이었다. 그런데 갑자기 나타난 왕머슴이 잘린 목에 고춧가루를 획획 뿌려댔다. 왜놈인지 양놈인지 외래인이랑 성조기를 치켜든 목사가 왕머슴에게 고춧가루통을 건네주며 부추겼다.

　"저것들이 다시 붙으면 아니 되므니이다. 한몸으로 붙으면 봉황새가 되어서 우리를 쪼을 것이므니이다."

　"빨간 볏을 가진 닭은 몽땅 잡아서 죽여야 해. 저 빨간색이 무엇을 표시하겠어?"

민철은 안타까움으로 소리쳤다.

"야잇, 다시 붙고자 몸부림치는데 왜 방해해? 생명인데 살려야 할 것 아니냐? 이 나쁜 놈들아!"

민철은 왕머슴에게 달려들어서 고춧가루통을 빼앗으려 했지만, 진흙탕에 박힌 막대기처럼 한 발짝도 뗄 수 없었다.

한몸으로 붙으려고 발버둥질하는 닭의 몸에서 피가 철철 뿜어나왔다. 선홍색의 닭 피와 붉은 고춧가루로 뒤범벅이 된 황토 마당은 피바다였다. '빨갱이는 죽여도 좋아'라는 머리띠를 동여맨 왕머슴은 자기 세상인 양 춤추면서 고춧가루를 뿌리고 또 뿌려댔다.

닭의 머리와 몸통이 붙으려고 빙빙 돌자, 회리바람이 일어났다. 몸통과 머리가 맞닿았지만, 고춧가루 때문에 연거푸 실패하고 축 늘어졌다. 다시 합쳐지는 것이 불가능함을 알았는지 닭은 회리바람 속으로 들어갔다. 회리바람 타고 하늘로 오르며 깃털을 하나씩 떨궜다. 자기와 같은 처지의 동료에게 가고자 바람의 힘에 몸을 맡기고 상승했다.

회리바람 꼭대기에는 닭의 형상을 띤 수많은 영체들이 소용돌이치며 맴돌았다. 제주도 다랑쉬굴에서 왔다는 아저씨들, 여수와 순천을 떠돌다 왔다는 평범한 아주머니들, 고양시 금정굴에서 울다 왔다는 예쁜 새댁들, 대전 산내동 출신의 앳된 청년들, 구슬을 들고 있는 아산의 아이들, 비녀를 꽂고 있는 홍성의 할머니들, 지게를 지고 있는 서산의 농부들, 전국 여기저기서 왔다는 수천, 수만의 형체들이 빙글빙글 돌고 있었다. 이들의 울부짖음이 지상을 휩쓰는 회리바람과 천둥소리로 들렸다.

그들은 팔다리가 잘리고 몸통이 찢기고 머리가 관통당한 모습이었다. 머리 따로, 몸뚱이 따로, 뼈들이 뒤엉켜 고통스러운 모습으로 신음하며 억울함을 호소했다. 저 무수한 원혼들을 달래주어야 하는데 어찌할 바를 모르는 민철은 한탄하며 가슴을 쳤다. 무기력한 자신을 자책하며 괴로워하는데 새벽을 깨우는 횃대 치는 소리가 들렸다.

잠에서 깼지만 민철의 뇌리에는 여전히 목 잘린 닭이 피를 내뿜으며 튀어올랐다. 머리가 터질 듯, 창으로 뇌를 헤집는 고통에 양손으로 머리를 감싸고 온몸을 뒤틀었다. 참을 수 있는 통증의 임계점을 한참이나 지나 폭발 직전이었다. 이대론 못 살아. 끝장낼 것이야.

민철은 하나의 결론을 냈다. 긴 세월 견뎌온 두통을 어떤 방법으로든 결판내기로 이를 갈며 주먹을 쥐었다.

"결단내야겠어. 그 왕머슴이랑 연단에서 선동하는 목사놈의 모가지를 내 손으로 찍을 것이야. 그래야 이 지긋지긋한 고통에서 벗어날 듯해. 내 두통의 원인은 바로 그놈들이야. 머리 없는 몸통의 환영에서 벗어나서 하루라도 평화롭게 살고 싶어. 도끼로 해결할 수밖에 없는 현실이 안타깝지만…… 어쩔 수 없어. 더는 못 참아. 유약한 마음이 들기 전에 오늘 당장 실행할 것이야."

민철은 아무 일이 없다는 듯 강의 갈 준비를 하고 아침밥을 든든히 먹었다. 비상용 소방용품함에서 손도끼를 꺼내어 강의 가방에 깊숙이 찔러넣었다. 아무것도 찍어본 적이 없는 도끼날이 드디어 할일을 찾았다는 듯 날카롭게 번쩍였다.

"여보, 나 다녀올게."

의례적인 출근 인사에 민철은 기분이 한껏 상승한 듯 몇 마디 더 남겼다.

"이제 애들이랑 치킨을 맘대로 시켜 먹어도 될 거야. 오늘 강의 마치고 갈 데가 있어. 두통을 어떻게 치료할지 드디어 해결책을 찾았어. 간단하고 확실한 방법이 있더라고. 벌써 머리가 가볍고 시원해지네. 봉황 날개를 타고 하늘로 오를 듯해. 아, 기분 좋다. 오늘 한방에 정리할 거야. 아주 말끔하게."

개와 개

시끄럽던 선거가 끝났다. 유세 차량 소리도, 내걸린 현수막도, 흩날리던 전단지도 자취를 감췄다. 봄이 왔건만, 4월 하늘에 눈발이 날리고 마음이 뒤숭숭했다.

　선거해봐야 그놈이 그놈, 여가 야가 되고 야가 여가 된 것뿐이지. 저 정권이나 이 정권이나 권력의 속성은 다 똑같아. 정권이 바뀐다고 개인적인 삶이 달라진 적이 있나? 아, 있기는 있었어. 금강산도 가고, 개성공단도 열리고, 투표 잘하면 세상이 엄청나게 변하기도 했었네. 그나저나 검찰 권력을 휘두르던 분이 별반 준비도 없이 대권을 잡았으니 시끄러운 정국이 될 것 같아.

느낌이 영 안 좋아!

아니나다를까 청와대에 안 들어가고 집무실을 옮기네, 여사와 도사의 등장으로 떠들썩하더니, 월북 정황의 서해 공무원을 살리지 못했네. 북에서 내려온 살인마들을 돌려보냈다고 난리 치고. 걸핏하면 전 정권 탓과 별것 아닌 것으로 국가 전체가 어수선했다. '발리면'이냐 '날리면'이냐 아님, '바이든'이냐를 놓고 세 쪽으로 갈라져서 다툼하는데 국민 전체가 듣기평가를 하는 것 같았다. 극성 유튜버들이 시골 마을에서 밤새도록 악담과 저주를 퍼붓는 현실에 시대가 추악해졌음을 한탄하며 짜증이 쌓였다.

정치 뉴스에 오장이 뒤틀린 나는 강가를 걷는 것으로 마음을 달랬다. 천변에는 강아지를 데리고 나오는 사람들이 의외로 많았다. 개에 대한 어린 시절의 악감정이 있어서 나는 작은 강아지도 원초적으로 싫었다. 코로나 유행이 끝나서 그런가? 개랑 같이 다니는 사람이 부쩍 늘어났네. 산책길이 개로 뒤덮였어.

할머니가 밀고 오는 유모차는 바람막이와 햇빛가리개가 있어서 손자를 태운 줄 알았다. 유모차에 앉은 개가 혓바닥을 내밀면서 나를 조롱하는 표정이었다.

"어험! 넌 어떤 놈인데 나를 힐끗 째려보느냐? 내가 유모차 탄다고 마뜩잖은 눈빛이구나. 변화에 뒤처진 늙은 것아, 사람이 개가 되고 개가 사람처럼 된 실정을 몰라? 권력의 축이 뒤집어졌어. 이젠 우리가 대접받는 시대야."

내 옷보다 더 좋은 질감의 천으로 몸을 둘렀고 귀를 묶은 장식은 귀엽고 앙증맞았다. 아이를 업고 오는 줄 알았던 할아버지 등에는 강아지가 두 마리나 업혀 있었다. 얼마나 잘 먹였는지 주인을 따르는 비만한 녀석은 걷는 것이 귀찮은 듯 뒤뚱거리며 어기적댔다. 햇빛을 반사하는 고급 선글라스로 눈을 가린 놈은 조폭대장처럼 거드름을 피우며 주인을 부리는 듯했다.

난 우리 애들도 저리 키우지 못했는데. 개새끼를 저 정도로 애지중지하면 자식들은 얼마나 잘 길렀을까? 아니면 자녀가 없기에 대리만족으로 개에게 정성을 쏟는 것일까? 털은 빠지는데다 목욕시키고 밥 주고 똥 치워야지. 어디 그것뿐인가? 산책시키고 아프면 병원 데려가고 여간 고단한 일이 아닐 텐데. 죽으면 화장해서 추모 공간까지 만든다는데 사회가 점점 이상하게 돌아가는 듯해. 남들은 먹고사는 일도 팍팍하고 힘든데. 가

뜩이나 경제나 정치적인 이슈로 골치가 아픈데 그냥 개나 키우면서 살자는 일종의 회피인가? 무슨 심산인지 알 수 없네그려.

새벽에 천변을 뛰다가 모래를 밟았는데 물컹했다. 모래 속에 개똥이 숨어 있었다. 개를 끌고 온 사람들을 둘러봤으나 누가 그랬는지 알 수 없었다. 자신들은 아니라는 듯 빈 봉지를 팔랑거리며 다녔다. 남들이 볼 때는 잘 치워도 밤에는 개똥 싼 것을 보고도 그냥 지나쳤겠지. 개 키우는 작자들의 이율배반이 그렇지 뭐.

주변 풀잎에 비벼 닦아냈는데도 집안까지 지독한 냄새가 따라왔다. 아침밥을 먹는데 뉴스에서 흘러나온 이름 세 글자에 멈칫했다. 기분이 가라앉았고 숟가락을 내던졌다.

"저 양반 아직 살아 있었어? 그때 개가 맞네. 개같은 저놈이 사회의 안녕과 질서를 책임지는 치안국장이 된다니……."

식은 줄 알았던 그놈에 대한 분노가 내 깊은 속에서 다시 점화되어 이글거리기 시작했다. 젊은 시절 요동쳤던 삶의 토막들이 떠오르며 피가 끓어올랐다.

견호를 처음 만난 곳은 부천의 허름한 지하 교회였다. 인천, 부천 노동자 조직을 결성하는 모임에 그가 자발적으로 나타났다. 눈을 정면으로 마주치지 못하는 순하게 생긴 애가 우리 조직에 어떻게 제 발로 찾아왔는지 처음에는 미심쩍었다. 그러나 빛고을 출신이었다. 치열했던 광주민중항쟁의 분위기 속에서 자랐으면 밑바닥부터 저항 의식이 스며 있을 터였다. 대학 시절의 민주화투쟁, 강제징집을 당한 전력, 노동운동을 위해 위장취업한 결단에 금방 동질감을 느꼈다. 그는 우리 조직 성원으로 적합도 백점이었다. 생김새와는 달리 언변이 유창했고 무엇이나 포기하지 않는 집요한 근성을 가진 태도를 높게 샀다.

"군대에 끌려가서 억수로 고생했지라. 녹화사업이라나 뭐라나 보안대 새끼들 때문에 디질 뻔하다가 겨우 살아왔어라."

"그래? 녹화사업에 걸려들었으면 심리적인 갈등이 엄청났을 텐데 잘 버티고 이겨냈네. 나도 죽을 맛이었지. 휴가 보내줄 테니까 동아리 회원 명단을 빼오라고 하질 않나. 수배당한 학생들 정보나 숨어 있는 아지트를 캐오라고 하질 않나. 거부하면, 삽자루 부러지도록 얻어맞고 협박당했지."

"선배님도 녹화사업에?"

그가 움찔하며 반문했다.

"그려! 지나갔으니까 이제는 말할 수 있지만, 그땐 앞길이 정말 캄캄했지. 협조를 안 하면 너 따위는 쐬죽여서 휴전선 철조망에 걸어둔다고 했었어. 월북하다가 사살되었다고 발표하면 끝이라고 을러대는데 개뿔 겁이 안 나더라고. 부모랑 동생들 조지겠다는 위협은 그냥 견디면 되었어. 갈구고 때리고 모욕하는 것도 이를 악물고 참으면 되었고. 그런데 프락치가 되라고 강요받을 땐 정말 힘들었어."

"긍께라. 간첩질하라는 회유에 엄청나게 갈등했지라."

"맞아, 동지를 팔아서 정보를 캐오면 앞길을 보장해 준다는데 나도 인간인지라 별별 생각이 다 드는 것이야! 그냥 변절해서 출셋길을 달릴까? 아니면 그놈들을 하나라도 요절내고 끝장낼까? 나중에는 살기 싫고 극단적인 생각까지 들더라고."

"우리 옆 부대에서는 큰 사고가 터졌당께라. 강제징집당한 D대생이 내무반에 수류탄 까 던지고 총기를 난

사했어라. 20여 명이 팔다리 날리고 내장이 발리고 그런 아수라장이 없었당께라. 시신을 수습하러 간 부대원들이 다 까무러쳤다고 들었어라."

"어, 그 사건 쉬쉬했다는데 내 귀에도 들리더라고. 인간을 극한 상황으로 몰아넣으면 그런 일이 생기지. 그 군인 지뢰밭을 넘어서 월북했다는데 살아 있나 모르겠네. 집요한 강압에 오죽 힘들었으면 그랬겠나? 독재의 폭압에 맞선 투사에게 밀정 노릇을 하라니 그게 통하겠나? 모두가 잘 사는 세상, 제대로 된 나라를 만들겠다며 영달도 사욕도 버리고 감옥도 마다치 않던 우리들 아닌가?"

처음 만난 견호와 밤새도록 심정을 주고받았다. 낮은 자, 노동자가 되어서 새로운 시대를 안아오자고 각오를 다졌다. 민중의 호응이 미약하니 조직 강화에 우선 집중하자는 의견에 견호는 한발 더 앞서나갔다. 어차피 민주화와 노동 권익은 이루어질 것이니 그 이후를 내다보며 계급해방과 분단 조국의 실정을 감안한 조직 강령을 만들자고 주장했다. 동지애의 정신으로 군사독재의 어떤 탄압도 두려워하지 않는 강철 대오를 구축하자고 투쟁가를 부르면서 손을 맞잡았다. 그후

인천 부천 지역에서 조직을 확장하며 노동운동을 활발하게 이어갔다.

불꽃처럼 뛰어다니던 견호가 유령처럼 사라졌다. 박종철 고문치사 조작 사건이 밝혀진 이후 공안당국이 위축되던 시기였다. 잡혀간 것인지 지하로 깊게 숨어버렸는지 어디서 의문사를 당해서 묻혔는지 알 수 없었다. 조직원들이 공안당국에 줄줄이 잡혀가는 통에 견호가 사라진 것에 신경쓸 여력이 없었다.

노동운동하며 군사독재를 반대한 것이 무슨 역적이나 되는 듯 개 잡듯이 엮어갔다. 죄목이 거창했다. 국가보안법 위반이라고 들씌웠다.

"뭐? 우리 노동자회가 이적단체라고? 국가보안법 위반? 진짜 웃기는 짬뽕들이네."

회원들은 어이가 없어 헛웃음을 쳤으나 언론은 북의 지령에 따라 움직이는 국가 전복을 목적으로 한 지하세력이라고 어마어마하게 보도했다.

조직은 무너졌고 회원들은 체포되어 혹독한 조사와 고문을 당했다. 그런데 이상했다. 부천 지역 총책인 견호만이 알고 있어야 할 하부 조직도를 공안당국이 훤히 꿰뚫고 있었다. 내가 총책으로 있는 인천 지역 하부 조직도는 전혀 노출되지 않았는데 의아했다. 뭐야? 조직도는 두 사람의 머릿속에만 있는데 경찰들이 어찌 알았을까? 혹시 견호가? 아니야. 절대 그럴 동지가 아니야. 지금쯤 어디에 잠적해서 피하고 있을 것이야. 그런데 견호에 대해서는 경찰이 자세하게 캐묻지를 않네.

20여 명이 재판받고 투옥되었다. 인간다운 삶. 모두가 함께 잘 사는 새로운 세상을 위해 고난을 달게 받겠다며 담담했다. 녹화사업에 붙들려 개고생하던 군대에 비하면 감옥생활은 싱거웠다.

철창 안에서 두 가지 소식을 동시에 들었다. 부천 지역에서 맹렬하게 활동했던 남준이가 고문 후유증으로 고통받다가 분신했다는 비보와 견호가 치안본부에 특채되었다는 사실에 비명이 터져나왔다. 아니야, 이게 아니야. 우리가 꿈꾸던 미래가 죽고 죽이고 속고 속이는 그런 세상이 아니란 말이야.

며칠을 단식하며 통곡으로 지냈다. 내 불찰이었다. 쉽게 다가오는 놈은 더 의심했어야 했는데 손쉽게 당한 자신을 자책했다. 창살에 머리를 찧으며 울부짖다가 벽면을 주먹으로 치고 또 쳤다. 한 생명에 대한 안타까움과 한 놈에 대한 경멸이 교차했다.

3년 감옥생활 후 조직도 운동도 이념도 이상도 다 버렸다. 나 같은 설익은 사람 때문에 남준이가 죽고 수십 명의 인생이 막힌 자책감에 먼 하늘만 멍하니 올려봤다. 1년을 맥없이 보내다가 속죄하며 살기로 마음먹고 신학석사 과정을 마치고 목회자의 길로 들어섰다. 아픈 영혼을 위로하고 평화와 공의가 강물처럼 흐르는 하나님 나라가 이루어지기를 기도했다.

목사가 된 후에도 미안함과 적개심이 이따금 꿈틀거렸다. 자기 몸에 불을 붙여 숯덩이가 되었던 남준을 생각하면 회한이 치밀어올랐다. 마석 모란공원을 방문하여 그의 묘비를 어루만지면서도 먹먹하고 죄스러운 심정이 여전했다. 또한 동지를 팔아서 영달하려는 인간성에 대한 혐오감이 찌꺼기처럼 남아 찐득거렸다. 모두를 위해 기도하고, 다 용서하고, 그 영혼을 사랑한다고 고백했지만, 견호가 치안국장이 되었다는 보도에 용서를 물리고 싶었다.

불독 같은 놈, 프락치가 될 수밖에 없었던 심정을 이해한다. 나도 흔들렸으니까. 그래도 그렇지. 우리를 주사파로 몰아서 줏대도 없는 인격체로 만들어버리는 간

교한 조작에 지금도 치가 떨린다.

　사람 사는 세상과 사회문제 해결을 위해 마르크스주의, 마오쩌둥 이론, 자유시장경제 체제, 사회주의 정책이든 뭐든 어느 것이 더 유용한 것인지 탐구하는 것이 학구적인 태도가 아니냐고 반박하고 싶었다. 노동운동과 민주화투쟁도 벅찬 마당에 무슨 주체사상에 빠진단 말이냐? 북쪽을 맹목적으로 따르는 것을 극도로 싫어했는데 주사파로 낙인찍는 여론몰이에 기가 막히고 열불이 터졌었다.

　노동운동을 주사파로 몰아서 엄한 인생을 망쳐놓고 너만 출세하니까 행복하고 좋으냐? 권력을 좇아서 살아온 똥개 새끼, 너 같은 놈이 나대고 떵떵거리는 현실이 더럽고 추하다.

　그놈이 텔레비전에 나타나 인터뷰했다. 자신은 정상적으로 경찰에 특채되었고 밀정 노릇은 가당치도 않다는 변명으로 일관했다. 노동운동이나 민주화운동을 한 청년들을 수백 명이나 구속하게 만들고 본인은 포상받고 특진하면서 결국 치안국장 자리를 차지했다.

　그의 얼굴이 텔레비전에 비친 날, 마포대교에서 청년 하나가 뛰어내렸고 성남의 한 공장에서 끼임 사고로 중년 가장이 기계 속에서 짓이겨졌다. 난 그날부터 외출과 산책을 포기하고 교회에 칩거했다. 세상 돌아가는 꼴이 역겹고 비정상적으로 보였다. 유모차에 개를 태우거나 업고 안고 다니는 사람이 싫고 미워졌다. 그들에게 화풀이할까봐 아예 두문불출했다.

왜 그리 개들을 좋아해? 저런 인간들이 선거 때마다 몇 번에 찍었겠어? 개를 상전으로 모시고 사는 생각 없는 족속들! 짐승이 뭐가 그리 좋다고 숭상하다시피 하는지 이해 불가네.

착잡하고 무거운 마음에 교회 제단 아래 엎드려 눈을 감았다. 호흡을 가다듬고 묵상에 빠지자 하얀 머리카락을 단정하게 빗어 올렸던 할머니 얼굴이 떠올랐다.

할머니는 이부자리를 펴고 나면 이야기보따리 풀기를 좋아했다. 그 입에서 호랑이, 늑대, 삵, 개, 여우, 족제비, 토끼, 까치, 구렁이 등 짐승을 소재로 이야기가 매일 밤 한 편씩 쏟아졌다. 여러 짐승 중에 개에 대한 평판은 늘 부정적이었다.

"멍멍이가 밥을 먹을 때는 근처에 얼씬거리는 것이

아니란다. 물릴 수 있어."

"왜요? 밥은 사이좋게 나누어 먹어야 하는 것이 아닌가요?"

"개는 자기 밥그릇밖에 모르는 놈이야. 제 밥그릇을 건드리면 주인에게도 으르렁거리며 덤빈단다."

"강아지는 사람을 잘 따르고 순해 보이는데요. 우리도 한 마리 키워요. 같이 놀게요."

"어림없다. 우리집은 선비 가문이라 조상 때부터 개를 안 키웠다. 개같은 후손이 나올까봐 집안에 강아지 새끼 하나 얼씬거리지 못하게 했어. 선비의 기풍이 눈곱 싸라기만큼도 없는 천한 놈이 개란다."

"다른 집은 도둑을 지키거나 애완견으로 많이 키우는데요?"

"뭘 몰라서 그런다. 애완견이라고 얕보지 말거라. 개가 어디를 물어뜯는 줄 알아? 뾰족한 이빨로 고추를 물고 늘어진단다. 너희들 고추 잘 간수하고 있지?"

나도 모르게 이불 속에서 사타구니를 양손으로 얼른 감쌌다. 귀를 쫑긋한 동생 쪽 이불도 들썩였다.

"면사무소 앞에 김약국 약사 아저씨 있지? 어려서 개에게 물어뜯겨서 고자가 되었잖니? 그래서 그 집은 자식이 없고 대가 끊어졌단다. 거기는 절대로 남에게 보여주면 안 되는 곳이야. 집안의 후대가 달린 보물임을 명심해라."

할머니는 개를 닮은 사람을 경계하라고 진지하게 강조했다.

"게으른 개팔자 건달, 물면 놓을 줄 모르고 집착하는 인간, 자기 밥그릇만 챙기는 저질 인생, 강자 앞에 비굴하고 약자에겐 한없이 잔인한 놈, 침을 질질 흘리며 개짓거리를 밝히는 추잡한 녀석, 주인에게만 알랑거리는 좀스러운 놈팡이, 주인마저 물고 덤비는 배신의 종자들은 개를 닮아서 그렇단다. 개같은 잡것에 물들지 않도록 조심하며 살아야 하느니라."

할머니가 개 얘기한 날, 여름밤을 울리는 멍멍 소리가 더 무섭게 들렸다. 이불을 끌어당겨 얼굴을 파묻으면서 잠을 청했다. 꿈을 꾸는데 시커먼 짐승이 마구 쫓아왔다. 도망가려 해도 발걸음이 떨어지질 않았다. 뒷덜미가 잡히려는 순간에 "으악!" 소리치며 깼다. 땀으로 흥건한 얼굴을 이불깃으로 닦으면서 꿈이길 다행이라고 안도했다. 어느 밤에는 떼를 이룬 개들에게 쫓기는 꿈에 시달렸다.

국민학교에 입학하자 학굣길에 개를 맞닥드릴까봐 책보를 싸면서 아침마다 걱정했다. 멀리에 큰 개라도 한 마리 어슬렁거리면 함께 갈 사람들이 올 때까지 기다렸다. 학교에서 집으로 오는 길목에 공동묘지가 있었는데 그곳에는 하얀 뼈다귀를 문 검은 개들이 가끔 나타나곤 했다. 사람 뼈인지 짐승의 뼈다귀인지 알 수 없었지만, 으스스하고 소름이 쭈뼛 돋아났다. 동네를 배회하는 목줄 풀린 개가 지나다니면 오금이 저렸고 어느 땐 오줌마저 찔끔 지리기도 했다.

우리집은 윗마을 중심을 지나서 언덕 너머에 있었다. 윗말은 집들이 옹기종기 모여 있고 마을회관이 있는 동네 중심지였다. 논이 있는 낮은 곳에서 등성이를 넘어가려면 숨이 가쁘고 겨드랑이가 흥건해졌다. 언덕 길에 같은 학년인 미화네 집이 있는데 개를 한 마리 키웠다. 그 개는 검은색이었는데 네 발과 꼬리와 목덜미에 흰색이 아롱져 박혀 있었다. 하얀 송곳니를 드러내면서 사람을 보면 으르렁거리는 것이 아주 사납고 매서웠다.

미화는 뚱뚱한 몸매에 성깔이 있고 늘 찡그린 얼굴상이었다. 미화는 개를 데리고 다니면서 자기 맘에 안

드는 친구들을 위협했다.

"점박아, 저 애를 물어라. 물어. 씩씩!"

미화가 점박이에게 신호를 보내면 냅다 달려들어서 지목한 사람을 공격하곤 했다. 남자나 여자애들이나 개에게 물릴까봐 미화를 싫어했고 눈에 띄면 슬슬 피했다. 점박이도 무섭고 성질이 개떡같은 미화를 좋아할 동무는 아무도 없었다.

국민학교 2학년 무더웠던 날, 학교를 파하고 오는 길이었다. 보통은 동무들이나 동네 형들과 어울려 오갔는데 그날은 청소당번이라 혼자였다. 까만 고무신을 신었고 책보는 등에 대각선으로 맸다. 마을 안길을 지나가야 하는데 미화네 개가 나타날까봐 두근두근 불안했다.

동네 사람들은 나무 그늘에서 장기를 두거나 부채질을 하면서 더위를 쫓고 있었다. 아낙들은 마을 중앙에 있는 우물가에서 빨래하며 시시덕거렸다. 무더위에 지친 주민들은 지나가는 국민학생을 힐끗 쳐다볼 뿐 별 관심의 대상이 아니었다.

이마에 맺힌 땀을 닦아내며 나는 조심조심 언덕길을 올랐다. 미화네 집만 살짝 벗어나면 되었다. 아, 그런데 미화네 집 앞에 개가 떡하니 버티고 있는 것이 아닌가? 개를 보자마자 심장이 덜컹했다. 어찌하지? 누군가 지나가길 기다릴까 주춤하는데 개가 내 쪽으로 고개를 돌렸다. 번득이는 개의 눈과 마주치자, 나는 반사적으로 뛰기 시작했다. 그러자 개도 나를 향하여 컹컹 짖으면서 쫓아왔다. 나는 언덕 위로 세차게 달아났다. 200미터 되는 길을 온 힘 다해 뛰었다. 개는 점점 내 뒤로 가까이 추격해왔다. 심장은 터질 듯하고 숨은 콱콱 막혀왔다. 요란하게 짖어대는 소리, 땅을 울리는 쿵쿵 소리, 필통 안에서 사정없이 달그락거리는 몽당연필 소리, 헉헉대는 숨소리가 작은 마을에 울려퍼졌다.

더위에 축 늘어진 시골 동네에 쫓고 쫓기는 드라마가 갑자기 펼쳐졌다. 타래박으로 물을 길어올리던 여인은 줄을 잡은 채 개와 나의 달리기를 지켜봤다. 그늘 밑에서 장기를 두던 노인들도 일제히 목을 빼고 바라봤다. 개가 짖고 달음질하는 시끄러움에 동네 사람들이 여기저기서 얼굴을 내밀었다.

50여 미터에서 30여 미터로, 곧이어 20여 미터로 개와의 간격이 점점 좁혀졌다. 더 빨리 뛰려고 했으나 언덕길이라 지쳐만 갔다. 그래도 달려야 했다. 죽을힘을 다해 그 개에게서 벗어나려 했다. 젖 먹던 힘을 다 한다는 것이 무엇인지를 그때 알았다. 살려면 죽어라 뛰어야 했다. 심장은 이미 내 심장이 아니었다. 커다란 북소리가 되어서 둥둥둥 빠르게 맥동했다. 국민학교 2학년생의 달리기로는 전국 신기록이었을 것이었다. 그런데 인간보다 더 빠른 놈은 짐승이었다. 그 개가 10미터 뒤까지 따라왔고 곧바로 5미터까지 압박해왔다. 개가 내 꽁무니에 바짝 따라붙었는데 동네 주민들은 이 상황이 재미있는지 손뼉을 치면서 합창 웃음을 터트렸다.

"하하하. 저늠 뛰는 꼴 좀 봐. 우습다."

"뛰어. 더 빨리 뛰어!"

"곧 따라잽히겠네. 저걸 우쩌?"

"젖 빨던 힘으로 달려. 안 그러면 불알 따먹혀. 흐흐. 재밌다."

여기저기서 비웃으면서 외치는 소리가 들렸다. 나는 죽느냐 사느냐 절박한 지경인데 동네 사람들은 흥미진진한 구경거리로 여겼다. 어른들이 보면 보통 개에 불과했지만, 초등학생인 내가 느끼는 공포의 강도를 전혀 모르는 듯했다.

악을 써서 언덕배기에 도착했다. 저 멀리 우리집이 보였다. 아, 그러나 우리집까지는 너무 멀었다. 300미터는 될 텐데. 몇 미터를 더 달린 후에 절망했다. 더 뛸 수 없었다. 여기까지 달려왔는데 결국 붙잡힐 판이었다. 개에게 물릴 순간이 다가왔고 나는 그 자리에 주저앉았다. 이젠 끝장이야. 나는 어찌되는가?

모든 것을 포기하며 눈을 감고 양손으로 얼굴을 가렸다. 개는 고추를 물어뜯는다는 할머니의 말이 번쩍 스쳤다. 얼굴을 가렸던 손을 재빨리 사타구니로 가져갔다. 있는 힘을 다해 고추를 감쌌다. 얼굴이 갈기갈기 찢겨도 거기는 지켜야 했다. 살점이 떨어지고 뼈가 바스러질 고통이 어떠할지 덜덜 떨렸다. 나는 어둠의 나락으로 밑 모르게 추락했고 그 순간이 영원처럼 느껴졌다. 호흡조차 멈췄다. 얼마의 시간이 흘렀을까? 열 번이고 스무 번이고 물리고 뜯길 충분한 시간이었다. 그런데 아무 일이 일어나지 않았다. 이상했다. 실눈을 떴다. 슬며시 뒤돌아봤다. 개가 언덕 꼭대기에 우뚝 멈춰 서 있는 것이 아닌가?

"여기가 내 정상의 자리고 내가 이곳의 지배자이고 왕이다."

꼬리를 높이 세우고 침을 거품처럼 흘리면서 나를 노려봤다. 개 혀에서 뿜는 열기와 비릿하고 역한 냄새가 내 코까지 전해왔다.

그 언덕배기까지가 그놈의 경계선이고 영역이었다. 개가 쫓아오지 않자, 언덕 아래로 기다시피 내려왔다. 언제 저놈이 다시 달려올지 몰랐기에 거친 호흡을 몰아쉬면서 집에 겨우 당도했다.

숨을 돌리고 생각하니 분하기도 하고 창피하기도 했다. 개에게 쫓기던 나를 비웃던 어른들의 웅성거림이 생생했고 난 동네의 놀림감이 되었다. 초라한 자신이 수치스러워 가마니때기를 뒤집어쓰고 싶었다.

내일이면 그 개를 다시 만날 텐데 어찌할까 걱정이 밀려왔다. 매일 학교 가는 길인데 그 개에게 계속 쫓길 수는 없었다. 이놈의 개를 어떻게 할까 궁리했다. 가만히 생각해보니, 그 개는 나보다는 분명히 작았다. 나보다 조그마한 놈에게 내가 왜 도망가야 하지? 뒤늦은 자각이 스쳤다. 개를 이길 방법을 찾느라 골똘했다. 그놈을 이기기 위해서는 무기가 필요하다는 결론을 냈다.

낫을 들고 산자락으로 갔다. 비만 오면 쓸려나가는 민둥산에는 리기다소나무, 아까시나무, 싸리나무, 오리나무, 물오리나무가 심겨 있었다. 메마르고 척박한 땅에서도 잘 자라는 싸리나무가 언덕진 곳에 듬성듬성 자라 있었다. 싸리나무를 잘 다듬으면 길고 통통한 것이 회초리로 적격이었다. 싸리나무 회초리를 열 개나 만들었다. 그것을 들고 개에게 쫓겼던 길로 향했다. 손에 무기가 있으니, 마음이 든든했다. 개가 덤비면 회초리를 휘두르면서 저항하면 될 듯싶었다. 길가에는 잡풀들이 우거져 있었고 논두렁콩이 한 자나 자라 있었다. 잎이 무성하게 오른 콩 뒤에 회초리를 사람들 눈에 띄지 않도록 5미터 간격으로 숨겼다. 그리고 내 손에 들어갈 만한 돌들을 주워서 회초리를 감춰둔 근처에 몇 무더기씩 모아뒀다.

다음날, 학교에 가면서 회초리들이 잘 있는지 유심히 눈여겨봤다. 집에 돌아오는 길은 또 혼자였다. 개를 만나면 이번에는 지지 않으리라고 이를 악물었다. 학교 다니는 내내 쫓기면서 살 수는 없어. 어찌하든지 이겨야 해.

마음을 다잡았지만, 개에 대한 두려움이 밀려왔고 잔뜩 긴장했다. 살금살금 마을 안길을 통과하려는데 미화네 길목에서 그 개가 나를 기다리고 있었다. 심심

한 여름날 재미도 없는 차에 잘되었다는 듯 나를 보자마자 쫓아오기 시작했다. 나는 달아나는 척했다. 뒤를 힐끗힐끗 보면서 회초리가 있는 곳까지 유인할 속셈이었다. 점박이는 즐기듯 쫓아왔고 나는 적절한 거리를 유지하면서 뛰었다. 개가 빠르게 달리면 나도 빠르게 달렸고 거리가 멀어지면 일부러 느리게 뛰었다.

동네 주민들은 어제와 똑같은 상황에 좋은 구경거리라는 듯 또다시 웃음을 터뜨렸다. 나는 개에게 쫓기다가 회초리를 숨겨놓은 곳까지 도달했다. 과감해야 해. 겁내지 말고 죽기 살기로 맞서야 해.

몸을 획 숙여서 콩나무 뒤에 숨긴 회초리를 집어들었다. 회초리를 거머잡고 뒤돌아섰다. 내가 몸을 확 돌리는 순간, 달려오던 개가 일순간 당황하며 급하게 멈췄다. 그놈이 멈칫하는 순간, 나는 회초리를 휘두르며 냅다 개에게 달려들었다. 겁이 났지만 '이야야잇' 기합을 넣으면서 정면으로 돌진했다. 숨을 헐떡이던 개가 뒤를 돌렸다. 꼬리를 빼고 쪼르르 내빼기 시작했다. 쫓아올 때보다 도망갈 때가 더 빠른 놈이 짐승이었다. 개와의 거리가 멀어지자, 회초리를 내던지고 모아뒀던 돌무더기에서 돌 몇 개를 움켜쥐었다. 꽁지가 빠지게

도망간 그놈이 대문 안으로 들어가더니 머리를 내밀고 악을 쓰며 왈왈댔다. 그놈을 향해 돌을 몇 개 던졌다. 돌이 판자로 된 대문에 맞으면서 둔탁한 소리를 냈다. 점박이가 집안으로 숨더니 얼굴도 안 내밀고 깨갱거리는 신음을 냈다. 그놈이 꼬리를 내리고 숨었으니 내가 이겼다. 내 속에서 '깨갱 깽, 깨갱 깽' 꽹과리 소리와 함께 온몸이 덩실거렸다. 옷에 묻은 먼지를 털고 어퍼컷을 연신 올리면서 집으로 향했다. 동네 사람들의 허탈한 대화가 뒷전에서 들렸다.

"어? 이상혀. 오늘은 왜 점박이가 도망혀?"

"그러게. 개가 개를 이겼나보네. 날도 더운디 볼 게 없네 그려."

"저 녀석, 개 성격을 파악했구먼. 등 뵈면 쫓아오고 맞서면 꼬랑지 내리는 승질을 알았나벼. 긍께 저리 뎀비지."

"그려, 저 꼬맹이 영리헌 겨. 후차리와 둘뎅이를 준비혔구먼. 뭐든 준비하는 사람이 성공혀는 벱여."

"그려. 난 오늘밤도 준비 끝이여. 비수리 풀을 달여놨거든. 마눌 얼굴이 함지박처럼 펴질 겨. 자네도 좀 줄까?"

"자네나 실컷 처마셔. 난 그딴 야관문 안 먹어도 개 거시기마냥 늘 불끈혀."

그날 이후로 개들을 압도하는 기운이 내게 들어왔는지 어떤 개도 무섭지 않았다. 덩치 크고 공격적인 개를 만나도 정면으로 맞서서 눈을 쏘아보면 꼬리를 내렸다. 나는 이때부터 애완견이나 똥개나 식용견이나 개라는 개는 몽땅 싫었고 제압할 대상으로 여겼다.

개에게 쫓기던 국민학생 시절의 아스라함에서 깨어났다. 견호에 대한 악감이 잔불처럼 되살아나 살이 떨리고 머리가 흔들렸다. 출소하면 견호의 대가리에 뭐가 들어 있는지 찍어내겠다는 결의는 목사가 되면서 포기했다. 그를 용서했기에 이미 정리된 줄 알았는데 감방살이할 때보다 더 큰 격분이 끓어올랐다. 너는 프락치야, 간악한 밀정, 사악한 스파이, 과거에는 세작이라고 불렸다지. 함께 노래 부르고 어깨 걸었던 동지가 불타죽었는데도 일말의 감정 동요도 없는 냉혈한. 수백 명의 청년을 감옥에 집어넣으면서 영달을 꾀하는 고깃덩어리. 출세를 위해 자기와 세상을 속이는 탐욕의 화신이야.

오랫동안 잊었던 투쟁가가 노도처럼 메아리쳐왔다.

— 칠흑 같은 밤 동지를 깨워 혁명을 노래한다.
　　개같은 세상 밀어버리자 혁명의 깃발 올리자.

그놈을 감싸고도는 떼거지 언론과 그런 놈을 중용하는 미친 권력에 항거하고 싶은 충동이 일렁였다. 미친 개에게는 몽둥이가 제격이라고 그랬지. 돌멩이가 나을까? 꽃병이? 아니면 더 센 무엇이 있을까? 동시에 그 생명들마저 기도해주고 사랑으로 감싸야 한다는 음성이 들렸다.

— 악인도 악한 날에 적당하게 쓰려고 내가 만든 작품
　　이니라.

내 속에서 성경 말씀과 혁명을 위한 구호가 교차한다. 두 가지 상반된 명령부호가 충돌하니 머릿속이 혼돈스럽고 어지럽다. 감정을 추스르고 마음을 다스리느라 침묵과 기도로 2주간 칩거했다. 그래도 불편한 마음이 가시질 않고 계속 메스꺼웠다. 답답함에 천변으로 나섰다. 시원한 강바람을 기대하면서.

물가에는 개와 함께 뛰는 청년, 안거나 업고 가는 아저씨, 목줄을 매어 끌고 다니는 아가씨, 유모차에 태우고 다니는 중년여인이 여전히 오갔다. 나만 혼자였다. 사람과 개가 커플로 쌍쌍이 다니는데, 사람들이 개의 마음을 얻으려는 듯 입을 헤벌리며 알랑댔다. 개는 사람을 부려먹는 주인처럼 당당하고 사람은 개를 떠받드는 시종처럼 보였다.

개가 그렇게 좋아? 웃어주고 놀아주는 모습이 꼬리치는 강아지처럼 보이네. 사람들이 개를 닮아가고 개처럼 행동하네. 세상이 이상해졌어. 아님, 내가 괴상한가? 내 눈에 사람들이 점차 개로 보이기 시작했다. 나도 사람인데 나 자신도 개로 보이는 것은 아닌지 불현듯 의구심이 들었다. 물 위에 비친 내 얼굴을 자세히 살펴보니 개의 형상이 박혀 있었다.

어허? 개를 싫어했더니 어느새 나도 개가 되어가고 있구나. 너도 개, 나도 개, 보이는 모두가 다 개 천지, 개 세상이야. 우리가 품었던 꿈의 세계는 어디에 있단 말인가? 아, 개판 막장 같아.

다음날 도끼를 들고 산에 올랐다. 참나무 몽둥이를

하나 다듬었다. 제단 십자가 밑에 몽둥이를 놓고 그
위에 무릎을 맞댔다.

개같은 자들을 비판하고 미워하다보면 너 자신도 그
런 류와 똑같아질 수 있음을 왜 모르느냐? 네 속에 스
며든 개의 속성이나 잡아내라는 조롱이 귓전에서 삐삐
거렸다. 동시에 양심 깊은 곳에서는 일어나 행동하라
는 다그침이 마그마처럼 펄펄 끓었다.

"여기저기 짖어대며 발광하는 미친개, 이곳저곳 똥
싸놓는 추잡한 개, 권력에 꼬리치고 약자를 물어뜯는
흉악한 개들을 그냥 두고 볼 것이냐? 이런 개똥 같은
세상을 족쳐낼 용기가 그리도 없냐? 침묵과 비겁, 무관
심과 무책임이 지성인이 취할 태도야? 권력을 가진 놈
들이 그리 겁나냐? 개같은 개들도 돌과 몽둥이는 내심
무서워하는 줄 왜 몰라?"

어찌할지 갈피를 잡지 못하는 심란한 마음에 국민학
교 시절이 비쳐왔다. 순수로 아롱졌던 그때 그 시대가
좋았고 그리웠다.

인생이 막힐 때마다 유년의 경험에서 해결의 실마
리를 얻곤 했지. 고향 언덕을 찾아가야겠어. 그 언덕에
서넌 섬박이를 굴복시켰던 추억이 신화처럼 되살아나

지. 개같은 시대를 끝장낼 번득이는 지혜가 떠오를 것이야. 개판을 깽판낼 담력도 솟아날 것이고. 그나저나 내 속의 개부터 후려쳐내야겠어.

개판 세상과 치열하게 싸울 내 노년이 그려지자, 온몸의 핏줄이 흥분하며 벌떡였나. 짐빅이에게 맞서던 소년의 심장처럼 둥둥둥.

해설
가장 인간다운 순간에

임현(소설가)

박청용이 그려낸 세 편의 소설들은 하나같이 체제에 의한 폭력의 비극성을 환기시키고, 동시에 그로부터 희생된 개인의 일면을 포착한다. 핍진한 1인칭의 자기 고백과 보도자료 등을 통해 이미 익숙한 실세계의 장면들을 고스란히 드러냄으로써 집필의 의도 역시 어렵지 않게 추론할 수 있는데, 무엇보다 폭력의 주체와 이에 저항하거나 희생된 주체 혹은 그들의 대변자로서 '나'의 대립 구도가 선명하고, 상징적 표상(연, 닭, 개)의 의도가 제법 도드라지기 때문이다. 그런데 바로 이러한 단편적인 구도로 인해 또 다른 종류의 은폐된 폭력이 더욱 문제시된다는 점이 중요하다.

첫번째 사례로 살펴볼 것은 「연 날리는 소녀」이다. 이 소설은 호찌민을 여행하는 '나'의 여행기 형식으로, '나'는 과거 베트남전쟁의 기억을 관광객의 관점에서 재구성한다. 요컨대 미군과의 전쟁에서 승리한 베트남의 민족적 자긍심을 고취시키려는 의도로 상품화된 전쟁의 흔적들은 간소한 '체험'과 그에 따른 '비용'으로 환산되어 이해되는 것이다.

> "근처에 사격장이 있어요. AK47과 M16 소총을 쏠 수 있으니, 점심시간에 체험해보셔요. 열 발에 80만 동입니다. 사격 경험이 없으신 분들은 한번 쏴보셔요."
>
> 80만 동이면 우리 화폐로 얼마인가 머릿속에서 빠르게 계산했다. 80만 동이면 4만 원 정도네. 그래, AK47을 경험해봐야겠다. M16이야 눈감고 쏠 정도로 싱거웠지. AK47은 2차대전 이후로 가장 많이 팔린 총이라지. 잔고장이 없고 간편해서 게릴라들이 선호한다는데 호기심이 나네.
>
> ─「연 날리는 소녀」 중에서

심지어 폭약 장치에 의해 파손되는 미군의 탱크를 바라보며 탄성과 박수를 보내는 미국 젊은이들의 모습은 이러한 모순적 상황을 더욱 극명하게 보여준다. 그리고 안전한 폭력을 체험하는 과정에서 '나'는 평화주의라는 자신의 신념을 더욱 확고하게 다져나간다. 왜냐하면, '나'에게 평화라는 가치는 경제발전의 원동력이며, 행복과 번영의 지름길로 간편하게 이해되는데, 이에 따라 "남북을 가르고, NLL로 바다와 영공을 차단한 채" 폐쇄된 한반도의 현실은 아무런 경제적 가치를 창출하지 못하는 부끄러운 현실로 여겨지게 되는 것이다. 이는 전쟁과 가난, 평화와 부흥이라는 단순화된 환원의 논리 때문이다. 따라서 '나'에게 평화에 대한 갈망은 경제적 발전에 다름 아니며, 무엇보다 국수주의적 태도와 어렵지 않게 결합해버린다. 예컨대, 이「연날리는 소녀」말미에 '나'는 베트남 관광객의 신분보다 분단국의 구성원으로서 자아를 보다 더 내세우며, 베트남의 전쟁박물관 계단에서 세계 각국의 언어로 "더 이상 전쟁은 안 됩니다"라고 외치게 된다. 그리고 이에 동조하듯 주변의 또 다른 관광객들은 다음과 같은 단어들로 호응한다.

"대장금, BTS, 삼성, 손흥민, 패러사이트, DMZ, 김치, 오
징어 게임. 오빠, 안녕!"
6·25전쟁의 참화를 딛고 경제와 문화 강국이 된 한국에
대해 떠오르는 단어를 외쳐댔다. 나는 갑자기 BTS가 되
고 손흥민이 되고, 영화의 주인공이 된 듯 뿌듯했다.

－「연 날리는 소녀」 중에서

　당시 대한민국 정부는 베트남 파병의 대가로 미국으
로부터 차관 공여를 약속받았다. 더구나 한국군의 참
전은 미군의 3분의 1 수준밖에 이르지 못한 까닭에 전
쟁에 소요되는 비용을 절감하는 데 유효하게 작용했
다. 다시 말해 전쟁의 참상은 이미 경제적인 수치로 환
산된 결과였으며, 국민의 희생과 국가의 경제적 발전
간의 교환이었던 셈이다. 그리고 60여 년이 지난 후 이
러한 사실은 다시 자본에 의해 은폐된다. 예컨대 베트
남의 전쟁으로부터 유발된 참상과 학살의 기억은 관광
상품화된 민족적 자긍심으로 대체되고, 한국전쟁의 비
극은 'K-컬처'라는 문화자본에 대한 자부심으로 은폐
되어버린 것이다.

어떤 소설들은 현실로부터 허구적 세계의 진입과 몰입을 도모하는 한편, 또다른 소설들은 허구라는 양식으로부터 현실의 부조리를 독자로 하여금 경험할 수 있도록 유도하기도 한다. 두 범주가 명확하게 나눌 수 있는 종류인지는 잘 모르겠지만, 적어도 박청용의 소설들은 후자의 사례로 들기에 적합해 보인다. 더구나 「연 꿈 소녀」의 서술자인 '나'의 자기 고백에 가까운 사유는 오히려 이 세계의 구조가 무엇을 은폐하려고 하는지를 역설적으로 드러내기 때문이다.

　「연 날리는 소녀」를 비롯해 뒤이은 「회리바람 타는 닭」과 「개와 개」에 등장하는 주인공들은 어딘가 동일한 정체성과 성향을 지닌 듯 보이는데, 단순히 진보적인 정치 성향이나 노동운동에 가담했다는 등의 유사한 이력 때문만은 아니다. 그보다는 주인공들이 거부하고 증오하는 대상의 논리를 말미에 이르면 주인공에 의해 그대로 답습한다는 섬 때문이다. 「회리바람 타는 닭」과 「개와 개」에서 이러한 점은 더욱 뚜렷하게 드러나는데, 곧, 폭력적 주체에 반발하여 오히려 스스로의 폭력을 정당화한다는 점이 흥미롭다. 그것으로부터 폭력의 부당함은 정당함으로 왜곡되거나 은폐시키기 때문이다.

「회리바람 타는 닭」은 스스로를 진보적인 사람이라고 여기는 '민철'을 초점화하여 보여준다. 역사학 박사과정을 수료한 후 서울 소재의 대학에서 강사로 일하는 '민철'은 소위 '태극기 집회'라고 불리는 보수적 성향의 노인들을 보고 있으면 화가 치민다. 무엇보다 그들의 억지 주장을 '역겹게' 여긴다. 그리고 참을 수 없는 '민철'의 감정은 집회의 무리와 설전하는 익명의 젊은 '청년'의 입으로 대신 표출된다.

멱살이 잡힌 청년은 쌍욕을 들으면서도 자기주장을 굽히지 않았다. 논리적으로 대화가 안 통하자, 노인들은 역정을 쏟아내며 젊은이에게 주먹으로 치고 발길질했다.

민철은 감히 나설 용기가 없어서 적당한 거리에서 지켜만 봤다. 대학 강단에서 메마른 학문이나 가르치는 나약한 자신에 대해 자괴감이 들었다. 저 젊은이처럼 목소리를 내며 덤벼들 담력이 내게는 없구나. 내가 알고 있는 지식, 내가 배우고 경험한 모든 것을 동원해도 저 노인들의 노여움과 광기를 해결해줄 수 없어. 박사과정까지 공부했는데 하잘것없는 불구적 지식인에 불과하네.

　"북괴의 적화 야욕"을 수시로 경계해야 한다고 주장
하는 집회 세력과 이념을 떠나 평화로운 공존을 주장
하는 청년 사이에서의 설전은 현실의 상황과 마찬가지
로 좀처럼 화해에 도달할 것으로 보이지는 않는다. 더
구나 한쪽은 다른 한쪽을 "피도 안 마른 철딱서니"로
취급하고, 반대편에서는 상대를 "무식한 꼰대 노친네"
로 비하하는데, 눈여겨볼 것은 이를 지켜보는 '민철'의
태도이다. '민철'이 감정을 이입하고 종국에는 반성적
태도에 이르게까지 하는 존재는 젊은 청년 쪽이며, 나
중에라도 자신이 저들처럼 "무지막지한 꼰대"가 될 것
을 경계하고 두려워한다. 그런데 결과적으로 소설의
말미에 이르러 민철이 마음먹고 선택하는 방식이 선동
세력을 향한 폭력적 대응이라는 점은 의미심장하다.
요컨대, 민철은 "하루라도 평화롭게 살고" 싶다는 마
음으로 '닭'의 목을 자르듯 선동세력의 모가지를 도끼
로 해결하려든 것이다. 이는 집회에서 뺨을 맞고 발길
질을 당하면서도 맞서던 청년의 모습이라기보다는 오
히려 때리는 쪽의 형상에 더 가깝다.

「개와 개」에서 역시 이러한 비약적 행태는 여전하다. 한때 함께 노동운동에 가담했던 '견호'가 알고 보니 프락치였고, 심지어 그것으로 권력에 편승해 출세를 도모하며 치안국장 자리에 이르는 모습이 '나'에게 동등한 인간이 아니라, 한낱 '개'처럼 보인다. 주의 깊게 살필 것은 '나'의 분노는 늘 정당하며 그 정당함을 담보하는 것은 "인간다운 삶, 모두가 함께 잘 사는 새로운 세상"에 대한 갈망이라는 점이다. 다시 말해,「회리바람 타는 닭」의 '민철'이나 「개와 개」의 '나'가 꿈꾸는 '인간다운 삶'에서의 인간의 범주에 '꼰대 노친네'와 '견호'와 같은 존재들은 포함되지 않는다. 그들은 오로지 경계하고 주의를 기울여 피해야 할 혐오의 대상일 뿐이다.

할머니는 개를 닮은 사람을 경계하라고 진지하게 강조했다.
"게으른 개팔자 건달, 물면 놓을 줄 모르고 집착하는 인간, 자기 밥그릇만 챙기는 저질 인생, 강자 앞에 비굴하고 약자에겐 한없이 잔인한 놈, 침을 질질 흘리며 개짓거리를 밝히는 추잡한 녀석, 주인에게만 알랑거리는 좀스러

운 놈팡이, 주인마저 물고 덤비는 배신의 종자들은 개를
닮아서 그렇단다. 개같은 잡것에 물들지 않도록 조심하며
살아야 하느니라."

―「개와 개」중에서

　인간의 동물화는 차별과 혐오를 반영하는 가장 전형
적인 방식 중 하나이다. 우리는 나약한 인간을 한없이
가엽고 무력한 동물로 바라보며 동정할 수도 있고, 위
협적인 인간을 포악한 동물로 빗대어 비인간적인 행태
를 서슴없이 저지를 수도 있다. 무엇보다 홀로코스트
의 역사가 말해주는 것은 학살의 주체에게 결여된 마
땅한 인간적 자질이 문제라기보다는 오히려 대상에 대
한 비인간적 태도로부터 잔인함의 정당성을 보장받는,
다분히 인간적인 편견과 부당한 자기합리화가 문제라
는 점이다. 만약 인간인 우리에게 어떤 결함이 있다면,
그것은 오직 '개'같은 '그들'에게만 문제되는 것이 아
니라, 인간인 우리 모두에게 속한 보편적인 결함일 것
이다. 이 때문에 서로를 혐오하고 증오하면서도 어딘
가 비슷한 논리로 닮아가는 것일지도 모른다. 이러한
결론은 무척이나 암담한 듯 보인다. 좀처럼 해결될 기

미가 없어 보이기 때문이다. 그리고 이에 대해 박청용은 이러한 군상의 전형을 보여줄 뿐 별다른 대안을 제시하지도 않는다. 어쩌면 바로 이 점이 그의 소설을 다시 곱씹어 읽어야 할 이유일지도 모른다. 왜냐하면 결함 많은 우리가 가장 인간다워지는 순간은 우리의 비인간적인 비극을 고심하고 자각할 때이기 때문이다.

꿈과 고민이 뒤엉겼던 고등학교 시절이 생각난다. 좋아했던 과목은 탐구할 것이 무궁했던 과학과 읽을거리가 산더미 같았던 국어였다. 충남고 교지 〈청운령〉에서 인터뷰 요청을 받았는데 장래 희망은 소설가가 되는 것이 꿈이지만 신비 가득한 과학도 버리고 싶지 않다고 말했다. 그러나 소설가도 과학자도 되지 못했다. 격동의 시대를 헤쳐오는 일이 급했고 사회문제에 관심이 더 많았다. 꿈은 묻힌 채 20세기를 지나서 21세기로 흘렀다.

소설은 풀지 못한 숙제처럼 마음 한구석을 짓누르는 돌덩이였다. 과학을 연구하겠다는 꿈은 접었지만, 소설을 쓰겠다고 늦은 나이에 기지개를 켰다. 경기광주문인협회에서 주관한 창작 교실에 참여하고 소설 공부하는 모임이라면 어디든 열심히 기웃거렸다. 틈틈이 썼던 습작품을 손질하고 창작에 재미를 붙였다.

여러 선생과 문우들을 만나면서 글 쓰는 기초가 다져졌고 코로나19가 엄중하던 2020년 계간 〈소설미학〉을 통해 등단했다. 경기광주문인협회의 한상윤 선생, 탁명주 선생, 문학나무의 황충상 선생에게 깊은 배움과 영향을 받았음에 감사를 드린다.

짧고 간결한 영상을 선호하는 웹의 시대에 누가 긴 글을 읽을까 의문이다. 그러나 소설은 무한대의 상상을 펼칠 수 있는 가장 좋은 창작 매체가 아닌가? 소설 속에 너와 나의 관계가 있고 서사와 갈등이 있고 다양한 인간 본성과 적나라한 삶이 있다. 그리고 읽는 재미와 쓰는 즐거움이 있다.

살아가는 존재들의 몸부림을 문제의식을 바탕으로 글을 쓰고자 했다. 역사와 가려진 사회의 이면을 파헤치면서 비판과 저항의 글을 주로 썼다. 합평할 때마다 독자들이 외면할 것이라면서 시큰둥한 반응이었다. 가볍고 편한 것만 추구하는 세태인데 무거운 주제에 누가 흥미를 갖겠느냐는 것이었다. 그러나 인간 본연의 자유와 진실 추구의 열망을 표출할 수밖에 없었다. 분단이라는 원죄적 현실이 용납되지 않았고 말기적인 물질주의와 비인간화의 실상에 천착하면서 고뇌가 많았다.

앞으로는 새로운 차원의 인간애를 그리는 소설과 퍽퍽한 삶에 울림을 주는 글을 쓰고 싶다. 같은 시대를 사는 모두가 자기다운 삶으로 행복하고 함께 어울리며 살맛이 충천한 세상이길 소망한다.

2023년 11월 높고 청한 하늘을 올려보며
경기도 광주에서 박청용

박청용

고려대학교 임학과를 졸업하고 감리교신학대학교 신학 석사, 평택대학교 사회복지학 석사 및 박사과정을 수료했다. 2020년 〈소설미학〉 신인 소설상에 단편소설 「아버지의 거울」이 당선되어 작품활동을 시작했다. 〈소설미학〉 등에 작품을 발표하고 있다.

연 날리는 소녀

초판 1쇄 인쇄 2023년 12월 12일
초판 1쇄 발행 2023년 12월 22일

지은이 박청용

편집 이경숙 정소리 이고호 | 디자인 윤종윤 이주영
마케팅 김선진 배희주 | 저작권 박지영 형소진 최은진 서연주 오서영
브랜딩 함유지 함근아 고보미 박민재 김희숙 박다솔 조다현 정승민 배진성
제작 강신은 김동욱 이순호 | 제작처 천광인쇄사

펴낸곳 (주)교유당 | 펴낸이 신정민
출판등록 2019년 5월 24일 제406-2019-000052호

주소 10881 경기도 파주시 회동길 210
문의전화 031.955.8891(마케팅), 031.955.2692(편집), 031.955.8855(팩스)
전자우편 gyoyudang@munhak.com

인스타그램 @gyoyu_books | 트위터 @gyoyu_books | 페이스북 @gyoyubooks

ISBN 979-11-93710-00-5 03810

이 책은 경기도, 경기문화재단의 지원을 받아 발간되었습니다.